畜生と噴水《ちくしょうとふんすい》

立花 裕史

文芸社

1

頭の上で突如鳴り始めた軽快なクラシックミュージックに、陽気にも野原で踊っていたのだが、クラシックミュージックは徐々にボリュームを上げ、半ば僕を現実に戻しては、更に軽快に未だこの事態を把握できていない寝ぼけ頭に容赦なく鳴り響いた。

どうやらそのクラシックミュージックは、枕元に置いてあるバッグの中からで、隣に寝る女の所有する携帯電話である。隣に寝る女？　はてさて？　貴方、誰ですかー？　と思うものの、この何処《どこ》かで聞いたことのあるようなクラシックミュージック。心落ち着かせるクラシックミュージックがこんなにも不愉快に聞こえたのは初めてである。うるさくてかなわないので早く止めて欲しいのだが、女は気付く様子もなく口をぽかんと開けて寝ている。なかなか可愛い寝顔だ。いやいやそんなことよりも、このクラシックミュージックを何とかしなければ、ほらほらますますクラシックミュージックはうるさくなっていくではないか。かける方もかける方で、一体何回鳴らせば気が済むんだ。堪り兼ねた僕は、女にこの事態を気付かせようと大きくあくびをした。まだ起きぬ。訳の分からぬ寝言を言ってみた。まだ起きぬ。今度は寝返りをうちながら肘で女の二の腕の辺りを突っついた。

するとようやく女は目を覚まし、あくびをしながら腕を伸ばしクラシックミュージックを止めた。どうやらアラーム音であったようだ。そういえば寝る前に携帯電話をいじっていたのを思い出す。

女は少ししてからのそのそと布団から出ると、僕が寝ているにもかかわらずカーテンを勢いよく開けた。窓から朝の光が差し込んだ。非常に眩しい光が、目を閉じているのに目の奥を刺激する。不愉快である。一方、女は爽快であるように朝日を浴び、先のクラシックミュージックを歌いながら着替えを始めると、だんだんと自ら歌う歌にのってきたのか、リズミカルな足どりで時にターンを交えたりしながら踊り出した。まったく人の頭の付近で嫌がらせのようである。踊りながら、便所に行き、洗面所に行き、ようやく落ち着いて椅子に腰掛けたと思ったら、パタパタと簡単に化粧を済ませ颯爽と部屋を出て行った。バタリ。

バタリとドアの閉まる音を最後に部屋は静まり返った。

寝起きからこのように活発な人種がいるとは信じ難いが、事実、先程女はこの部屋を駆け回っていた。部屋に残った化粧の香りが鼻をくすぐる。時計を見た。朝の九時だ。朝の九時から一体何の用があるんだ。僕ももうそろそろ布団から出ようと思うのだが、体が言うことをきかない。昨日の酒が抜けておらず、胸がむかむかとして気持ち悪い。

そして布団に包《くる》まったまま、ぼーっと向かいのアパートの壁に映る電線の影を見ていた。非常に天気が良く、電線は濃くはっきりと映っていた。

その電線に鳥がとまった。

雀であろうか。

ピーチクパーチク。

キョロキョロと可愛気に首を動かしている。

ピョコピョコと右へ移動した。

隣にもう一羽とまった。

二羽の鳥は仲良しこよし。

ピーチクパーチク。

しばらくその影絵を見ていたが、やがて一羽の鳥が飛び立ち、それに続きもう一羽の鳥も又何処かへと飛び立っていった。

寂しさが湧いてきた。

電線が揺れていた。

どのくらいであろうか、揺れる電線を眺めているとドアが開き、先程出て行った女がまた戻って来た。まだ先のクラシックミュージックを歌っており、ビニール袋両手に何やらいろいろ買い込んで来たようで、それを台所に置いたと思ったらまた出て行った。僕は何か言葉をかけようと思ったが、何も思い付かなかったのでやめた。

寝ぼけ頭でようやく思い出したが、女は真知子と言う名前だ。この女、別に踊りが趣味や職業などというのではないのだが、踊ることが好きなようで、何気ない一つの動作をするのでも、頭の先からつま先まで意識しているように動くのである。真知子とは昨晩知り合ったばかりなのだが、終始踊っていたような気がする。

昨日、時間を持て余す僕に、友人の杉木がクラブに行こうと誘い話を持って来た。こいつはクラブという所が好きなようで、金が入れば足を運び、明け方まで遊んでいるといったような生活を続けているのである。杉木もまた僕と同様で定職を持っていない。それであるのにもかかわらず、よくもまぁ呑気にも遊んでいられるもんだと感心してしまう。この間なんかは「俺も、もうそろそろ社会の一員として働かなきゃいけないよ。このままじゃ駄目人間となってしまう。これでは落伍者である。働くためにまず面接に行ってくる」なんて言ったものの、いざその会社に行くとなると憂鬱な気持ちに陥ってしまい、これでは面接に落ちてしまうと、露店で購入した元気になる薬を服用したものの、思いとはうらはらに、更に気持ちは憂鬱になってしまい、山手線を何周も回っていたそうだ。しかし、歯を喰いしばり十三周くらい回った後に、ようやくその会社の最寄り駅が丸ノ内線であったのに気付き、丸ノ内線に乗り換え会社へと足を運んだのだが、入り口で門前払いを喰らい、現在に至るのである。まったく情けのない奴であると言いたいが、今の自分も同じ身である。

話はクラブに戻って、そもそもクラブという所は一体どういう所なんだと杉木に聞くと、クラブとは……クラブミュージックとは……などと長々と訳の分からぬうんちくを自慢気に垂れ始めたので「ああ、うざったい、不愉快だ、もうちょっと分かりやすく言え」と言うと杉木は女達がうじゃうじゃ踊っている所だと言うのである。なぬぅ、そんな楽園のような場所があるのか。もうかれこれ随分と、女と戯れていないし、女達がうじゃうじゃ踊っているならば、それはチャンスも多いことだろうと、杉木に連れられてクラブに足を運んだ。

クラブはビルの内部で行われており、エレベーターで上へと行くと、大音量でミュージックが鳴り響く中、杉木が言うように女や男達が酒を飲んだりして狂ったように踊っていた。へらへらと笑っている奴や泣いている奴や鬼のような顔をした奴らが入り乱れて踊っている。

酒を買い、さっそく近くで踊る女に話しかけてみるが、女はミュージックに酔いしれていて僕の言うことには聞く耳持たずといった感じである。なんて愛想のない女なんだと思い、しょうがなく別の女に話しかけてみると、女は涎《よだれ》をだらだら流しながらへろへろと笑って、僕の話を聞こうとしない。なんて気持ちの悪い女なんだと思い、また別の女に話しかけると、女は首がもげるほどにヘッドバンキングをし始めた。誰一人僕の話を聞こうとする女が居ない。じゃあ、他の男は果たしてどうやって女をものにしているのだろうかと観察することにしたが、男の方も己の世界に入り、ミュージックに合わせ体を揺らしているのである。

杉木に「こいつらは何故に狂ったように踊っているんだ」と聞くと、杉木は「じゃあ、俺達もあのようになるか」と言って奥の便所に行くと、銀紙に包んである白い粉を取り出した。杉木は白い粉をペロリと舐めると「お前もやれよ」と言って差し出すのである。「まったく、なんて情けないんだ、こんな子供騙しが俺に通用する訳がない。こういう物に頼るというのは、精神がなっとらんのだ。ほれ貸してみろ」と杉木に言い、白い粉をペロリペロリと舐めた。みょうちくりんな味である。まずくてしょうがない。最近では風邪薬も美味くなっているというのに。「ほれ見たことか、こんなもんは俺には効かぬのだ」と、杉木が持っていた液体の物や食べる物すべて取り上げ、すべて胃袋に入れた。そして酒を買い、またホールへと行く。

しかし何故にこんなにも皆して踊っているんだと思うのだが、この異様な空間に余儀無く呑まれて、僕も適当に体を動かしていると、これが意外にもなかなか楽しく、何時《いつ》の間にやら酒を片手に踊りはしゃいでいた。

体に激しい衝撃。僕は太鼓であった。どんどんどん。また太鼓のばちであった。またリングの上でたこ殴りにされるボクサーであった。いやいや蛸《たこ》であった。もしかして烏賊《いか》であった。グニョグニョであった。気持ち良いー、へらへらへら。水であった。さらさらと流れていた。何だか可笑《おか》しくなってきた。へへえへえへへっへへっへへへ。ふふふふふふ。何が可笑しいのだ。可笑しくはないのだけど、この口が、顎が、骸骨のように、カクカクカクカクと動くのである。カクカクカクカク。骸骨。見よ、この痙攣《けいれん》！　早いだろ。俺って早いだろ。へへへへへーと流れ流され、僕は一体全体何処に行くのだろうと彷徨《さまよ》い流れていると、石のように身を固めた男と遭遇する。

「やいお前、これから僕が其処《そこ》を通るからどいてくれないか」

ゆらゆらと揺れながら話しかけてみるものの、石男は微動だにしない。

「何故に石になっているのだ？　いつまで其処にいるんだ？　何かを待っているのか？」

問うてみるものの、石男のへの字口は開かない。

「心を解き放ってみてはどうだい？　ほぉら」

僕は雲になり、雨になり、少し驚かせようと雷になって光り、水になり、さまざまと形を変えて見せた。

「ほれ、どうだい？　流れに身を任すのもいいもんだぜ。少し前に一度水になったんだけどね。今日は二度目だ。なかなかのもんだろう。自由だぜ！　しかし今度は少々濁ってしまったようだ。はははははは。まぁ、いいさぁ。石男よ、言葉はいらねぇ。また会おう」

と手を振りながら、滝つぼへと真っ逆さまに落ちて行った。ヒョエヒョエヒョエヒョエー。揉みに揉まれて足どりはふらふらであった。千鳥足であった。鳩であった。鴉《からす》であった。ヒヨコであった。ぴよぴよと飛んでいた。ぴょこぴょこと跳ねていた。いきなりコッケコッコーと鶏であった。ファンファンカファーン。朝を告げた。夜であった。昼でもよかった。春なのか、冬なのか、夏なのか、芸術の秋なのか。花びらが落ちるのであった。ひらひらと舞い落ちるのであった。ひゅーるりーらー、と枯れ葉であった。粉々であった。風に運ばれるのであった。花粉であった。砂であった。星であった。キラキラキラキラ。そして塵《ちり》であった。僕は宇宙へと飛び散った。塵と化したのであった。僕がなくなってしまう。僕？　俺？　僕って何だ。俺って何だ？　いやいや僕は僕だ。まずいぞ、僕という人格が壊れて消えてしまう。人格って何だ？　僕は人間であるんだ。しっかりするんだ。消えてしまうぞ。飛び散らぬように、人間であるために僕を此処《ここ》に収集するんだ。収集って何処にだ？　此処って何処だ？　僕は何処だ？　この掌の中か？　脳みそか？　心臓か？　何処にあるんだ。あの白い粉は妙な味であったが、何かの骨をすり潰したような味であった。変な物を飲んでしまった。何者かが俺の中に。お前は誰だ。人間か？　太古の恐竜か？　野良犬か？　飼い猫か？　何者かが僕を乗っ取ろうとしている。そうはさせるか。待てよ、そもそもこのみょうちくりんなミュージックに支配されてるんだ。彼処《あそこ》でミュージックを出してる奴を止めねば、この妖術から解けることはできぬのである。遠隔操作である。みやぶったなり！　お前ら何笑ってやがんだ。照れるではないか。ひひひひ。にゃろー、うぬらぁー、まっっっっっってろよ、お前らスローモーションだぜぜぜぜぜぜ。止まっっっっって見えるぜぇぇぇぇぇ。今そっっっちに行ってやるぞ。ののの、どうしたことだ、ああああ足が動かぬ。かかかか体が前にいかぬ。せせせせせ背中のゼンマイを巻いてくれれれのれー。そんなはずはない。幻覚だ。幻なんだ。しっかりしろ。俺がついてる。あれれ？　あぶない、あぶない。大丈夫だ、一歩一歩ゆっくりしっかり動かすんだ。そう、一歩、一歩、一歩、あれれれれえ、体がくるりと回ってしまう。後ろ向きに引っ張られる。あれれれれ、バックもできるよ。なんてねぇー。そうならこのままバックで行けばいいのか。重力をコントロールしてやるぜ。ちくしょう、出口は何処だ。彼処か。なんて遠いんだ。逃げなければ。早く此処より出ねば。しかしこの滝つぼより出ることができぬ。僕は所詮この中の一部でしかないのか。一体となってたまるか。己を失ってはいかん。拒絶するのである。飛び出すんだ。このまま塵に終わってしまうのか。笑えぬ。笑えぬのである。

その時である、僕を突き刺す視線を感じた。それはレーザービームのようであった。僕は串に刺された焼き鳥のようであった。つくねであった。砂肝が食べたいんだ。

目をやるとカウンターでアルコールを飲む女が僕の方を見ていた。真知子であった。くせのあるショートヘアー、上品な顔だちに挑発的な笑みがとても魅力的である。僕は体の内に湧き起こるものを感じ、たちまち彼女の虜になった。僕を救ってくれるのか。僕がなくなってしまう前に、僕を見てくれ。僕を呼んでくれ。僕がいるのには君が必要である。君がいて僕がいる。僕の名前は………忘れてしまった。歳も生まれも………何もかも………忘れていくんだ。

しかしながらも、かろうじて何とか自分の存在を認識したと思われたその時、女はふわりと光の中に消えたのである。幻であったのか。また妖術の中へと連れ戻されるのかと思っていたところ「こっちよ」と背後から彼女の声が聞こえる。愛が生まれたのであった。幼子が僕の手を握るように、暖かな日差しが春を告げるように、僕の中に愛の華が咲いたのであった。愛により、この妖術から抜けることができる。日々愛なんてくだらねぇなどと嘯《うそぶ》いていたが、この時、愛を知った。

真知子をものにしようとイケメン男達が近付いている。彼女を助けなくてはと、僕は動かぬ体を引きずって、鉛のような足を引きずって、真知子の元へ這って行った。

真知子の側へ行き、リズムに合わせ激しく踊ると、この求愛を受け入れたのか、真知子は椅子から下りて手を差し出した。僕はその細く綺麗な指先のある手を握り、真知子の存在を肌で感じ、真知子を腕に引き寄せた。燃え上がるようにダンス。

しかし二人で踊るのに大切なのは、二人のハーモニーであるのに、真知子のダンスは優雅であり、体の動かぬ僕には軽やかな彼女との踊りについていけぬのである。自分の下等なダンスを、存在を、ことさら思い知らされるのであった。しかしそれでも必死に彼女をつなぎ止めようと踊っていると、だんだんと体も軽くなり始め、何時しかミュージックは二人のためだけに流れているようで、僕らは時間を忘れて踊ったのである。揺れる黒髪、虚ろな目、光る汗。真知子のすべてから、一時も目を離さずにいた。

どれくらい踊っただろうか。すっかりいいムードになり、そろそろ誘い出そうと思っていたところ、耳もとで「出ましょうよ」と真知子の声。そう彼女は言って、飲みかけのアルコールを一気に飲み干すと僕の手を引っ張りホールを出た。杉木のことが気になり、振り返ると、杉木は妖魔にとりつかれたのか、ぴょんぴょんと垂直に飛び跳ねながら、体が発光しているのであった。あれは蛇だな。あいつ発光しているよ。へへへへへ、と思いながらエレベーターに乗り込んだ。僕らはエレベーターの中でキスをした。真知子の甘いキスに僕は妖術から、呪いから解けたのであった。

外へ出ると其処らを歩いた。外に出て思った。このビル自体が怪物であったのだ。魔物であったのだ。ビルに入った時から僕らはもう呑み込まれていたのである。喰われていたのである。入り口でチケットを受け取っていた男が、クラブを遠のく僕らを見てにやにやと笑っている。体はまだ上手く動かない。僕は真知子を抱きたいと思い、しけこむ場所はないかと探していたが、まったくそれらしいのは見つからない。杉木に前もって聞いとくべきであった。

「助けてくれてありがとう」

「ええ」

「聞こえたよ」

「もう少しで帰って来れなくなるところだったわよ」

「友人がまだ中なんだ」

「何してるの?」

「発光してた」

「じゃあもう無理ね」

「君がいなけりゃ、僕も終わってたよ」

「名前なんて言うの?」

「満潮」

「みちしお」

「たしか」

「あだ名?」

「いいや」

「とても珍しい名前ね。フフフッ」彼女は笑った。あどけなさの残る笑顔は僕の胸をいっそう高鳴らせた。

「それよりこれからどうしようか」

「そうねぇ、貴方の家に行きましょうよ。此処から近いの?」

「電車だと近いけど、電車はもう走ってないよ」

「じゃあ歩いて行きましょう」

「えっ、此処からかい?」

「ええ」

「歩いて帰ったことないけど結構遠いと思うよ」

「大丈夫よ。話しながらあっという間よ」

そうして仕方なくアパートの方へと歩くこととなってしまった。なかなか焦らせやがって。女はこれだから面倒である。まあ、疲れたらタクシーを拾えば良いし、途中ホテルでもあれば入るであろう。今度はまた違う魔物に飲み込まれに行こうか。いひひひひひひひひひひひ。

「仕事は何してるの？」

「無職」

「あら、あんな所で遊んでる場合じゃないじゃない」

「これから探すよ。ところで君は何者なの？」

「何者って、普通の女の子よ」

「女の子ってふうには見えないけど」

「失礼ね。まだまだ若いわよ」

「君の仕事は？」

「下着販売」

「へー、売れる？」

「売れてるわよ」

「どんな感じの？」

「ものすごく奇抜なのもあるし、普通のもあるわ」

「君はどっち寄り？　へへっ」

「もちろん奇抜な方よ」

「どのくらい？　へへへっ」

「ものすごくよ」

「へへへっへへへへっへへへへへへへへへへっへへへ」と、結局アパートまで歩いた。

外は薄らと明るくなっていた。


僕はようやく布団から出て台所へ行き、真知子が買って来た袋を覗いた。トイレットペーパー、ウエットティッシュ、新聞、薬用石鹸、シャンプー、リンス、タオル、台所用合成洗剤、洗濯用合成洗剤、食パン、煙草《たばこ》、ビール、ジュース、菓子と、えらく沢山買ってある。

袋の横に手紙が置いてあった。

『とても楽しかったわ。頭が痛いと言っていたので薬を買って来ました。起きたら飲んでね。真知子』

僕は手紙を置き、透明な瓶に入っている頭痛薬を手にした。なかなか可愛い子である。このように気を使うとは、さぞかし昨晩が良かったのであろう。いひひいひひいひひひひ。僕は台所で笑っていた。

しかしこの薬というのは、どういう訳か箱にも入っていなければラベルもついていない。本来薬というものにはその薬の名前や効能、用法、用量、成分、注意が記されているのだが、というより記されてなければいけないはずであるが、この薬はただ透明な瓶に錠剤が入っているだけで、本当のところどんな症状に効き目があるのか分からないし、一回何錠を服用してよいのかも分からない。しかしまあ、大体一般的に成人男性は二錠くらいなもんだと口に放り込む。

珈琲《コーヒー》でも飲もうと薬缶《やかん》に水を入れて火にかけると、椅子に座り煙草を吹かしながら湯が沸くの待った。真知子は一体何処に行ったんだろうか。そういえば連絡先を聞いていない。まあ、そのうちきっとまた来るであろうと、ぼんやり煙の行く先を追った。

会社を辞めて一年が過ぎようとしていた。今は僅かな蓄えで暮らしているが、それももう底を突いてしまうため、新しい職場を見つけるなりしてお金を稼がなくてはならないのだが、未だこんな調子である。

辞めた会社はコンピューターを用いて、映像、出版物、文字情報、ビデオ編集、音楽制作等のメディアの企画、制作、販売等を行っている会社で、もともとグラフィックに興味がありこの仕事を選んだのだが、忙しい時は徹夜の連続であるのにもかかわらず、その上非常に安い給料。仕事もやってみたところ面白くも何ともなく、飽き飽きし、嫌気がさし、友人に相談してみると他に何か決まってから辞めた方が良いと言うのであるが、何時までも他が決まりそうにないので辞めた。辞めたはいいが、その後を考えていなかったのである。

湯が沸いたので珈琲を入れ、腹が減ったので食パンをトースターの中に放り込み、珈琲を飲みながら、今後の人生を考えることにする。

やはりお金を稼がなきゃならんよ。とは言え今までのように下っ端ではどうにもならん。上の奴らが、がっぽり持って行きやがって、僕の取り分なんかは微々たるもんだ。決められた一定の賃金を貰い、僕の時間を会社に捧げ、余った時間で収入はあっという間に底を突く。一生この繰り返しで生きて行くのか。ぶら下がった気休めの昇給を餌に、地道にやった先に何があるんだ。何時の間にか歳を取って身動きとれなくなって後はポイッだよ。これからは自分の旗を立ち上げんといかん。雇われさらば。自分の時間を自分のために使い、お金を循環させ、資産を増やしていく。この恐ろしい歯車から抜け出し、明るい素晴らしい未来を創るんだ。この無為徒食《むいとしょく》の日々に終止符を打たねばならん。

チンッ！　と食パンがこんがりきつね色に焼けたので、食パンを喰らった。

それにしても、何をやるのか決まらんことには先へは進まん。う～む、どうしたものかと考えてみるが、何も閃くものも出てこない。カッチカッチと時計の音が。首をかしげたまま、時は過ぎ行く。独りで考えても埒《らち》があかぬ。誰かの意見を聞くのも良いかもしれんと、引き出しの中を探り、名刺を手に取って見た。

『また来てね。ルイ』

『今日は楽しかったわ。ナンシー』

『今度はサービスします。てつこ』

こんな類いのものばかりである。自分の知り合いの乏しさに改めてがっくりした。コネクションの重要さというものを、まるで分かっとらん。こんなものはただの浪費である。

愚かにも遊び呆けていた自分が情けないが、過去を悔やんでいてもしょうがない。これからだよ。遅くはない。遅いなんてことはないんだ。

これからは頭を使って生きよう、僕は目を閉じて自分の脳みそに意識を集中させた。

脳への柱をよじ登り、交差する神経を綱渡り、錆《さ》びきった回路の中を彷徨い歩く。

深く奥に滲《にじ》むように光るスイッチ・オン！

錆びたブレーキのように細胞が軋《きし》み始める。

脳が動き始める。

ウィーン。

未来だよ。明るい未来を築くのである。何だか楽しくなってきたぞ。あははは。

まさにこれが生きがいというものか。いひひひひ。

二日酔いは嘘のように消えていた。見よ、この躍動する体。このきれ。やはりお酒に溺れて、自らの体を痛めつけるようなことはしてはならんのだよ、と僕はロボットダンスを踊ってみたのである。今まで社会と言う名の泥沼に知らず知らずのうちに沈んで行き、どうして辺りは暗いんだなどと嘆いていたが、ようやく光が差し込んだようだ。この世の中、上に行かなければどうにもならんのだ。

僕は、にやにやと天井から垂れ下がる一本の光る糸を眺めていた。

とりあえず古くからの友人に電話をすることにした。この社会の仕組み、世のからくりに気付いた僕は、一刻も早く友人に伝えたくなったのである。さぁ、ニュービジネスを始めようじゃあないか、なーんて言ったらきっと友人は興奮するであろう。へへへへ。

トゥルルルル、トゥルルルル。

僕は胸躍らせ受話器の向こうの友人を待った。

トゥルルルル、トゥルルルル。

僕は呼び出し音に合わせて軽いステップを踏んだ。

トゥルルルル、トゥルルルル。

僕は呼び出し音がこんなにも愉快なメロディーだとは思わなかった。

トゥルルルル、トゥルルルル。

僕は呼び出し音が愉快に聞こえるのは僕の心が変化したためだと少し思った。

トゥルル　ルン　ルン　ルン　トゥル　ルン　ルン。

トゥルル　ルン　ルン　ルン　トゥル　ルン　ルン。

トゥルル　ルン　ルン　ルン　トゥル　ルン　ルン。

トゥルル　ルン　ルン　ルン　トゥル　ルン　ルン。

トゥルル　ルン　ルン　ルン　トゥル　ルン　ルン。

トゥルル　ルン　ルン　ルン　トゥル　ルン　ルン。

「何だよ」八十回目の呼び出し音で友人は出た。非常に不機嫌のようだ。

大学の時の友人である。僕より四歳ばかり年上だが、何時も同じ授業を受けていた。

「あっ、秀雄さんですか。満潮です」

「何だよ。お前か、忙しいから早く済ませてくれよ」

「お会いして相談したいことがあるんですけど、会えませんかね」

「今話せよ」

「まあまあ、久しぶりということもありますし、茶でも啜《すす》りながらどうですか。いやね、面白い話があるんですよ。きっと、聞いて良かったと思うだろうな……確実にそう思うな……」

渋る友人を説得し、茶店で待ち合わせることとなった。友人の近所の茶店ということで、僕は顔を洗い、歯を磨き、一張羅《いっちょうら》を着て家を出た。

空はまるで僕の心を映しているかのように青く澄み渡っていた。

何時も家でごろごろし、無駄に時間が過ぎていたが、今日は朝っぱらから動いているではないか。そうなのだ、もはや僕の仕事は始まっているのである。朝の空気とはこんなにも新鮮で美味しいものだったのか。昔、祖母が朝早くから近所の仲間と歩いていたが、ようやくその真意が分かったよ。ばあちゃん見ててくれよ。おいら頑張るよ。そして深呼吸して僕の心も綺麗になっていくのを実感した。これから未来を変えていくのだ。扉を開くのだ。足軽やかに待ち合わせの茶店に向かった。

2

茶店に着いた。カランコロンと入り口。友人はまだ来ていなかった。というよりも僕以外に店に客は居ない。

「御注文は?」と可愛いウエイトレスが聞くので、「ブレンド」と答えた。

新聞を読み耽《ふけ》っていると、間もなく珈琲が運ばれ、珈琲に口をつけると、カランコロンと友人が入って来て、僕の前に腰を下ろした。

「御注文は?」と可愛いウエイトレスが聞き、「アイスカプチーノ」と友人。

最後に会ってからかれこれ三年ぶりくらいになるが、友人はぶよぶよの肥満と成り果てていた。昔はとてもスマートで、ヘビーメタルがどうだのこうだのと言っては、何処その外国人の真似をして自慢のロングヘアーにパーマをあて、ワカメのような頭を振り乱し、学園祭で毎年のようにエレキギターをかき鳴らして歌っており、こいつは馬鹿だと意気投合し仲良くなったのだが、今の姿からは到底想像もつかない。

「あの子可愛いな」友人は煙草に火をつけて言う。

「ええ」久しぶりで何だか可笑しく、にやにやと笑ってしまう。

「気持ち悪りーなあ。で今日は何だよ。どうせまたくだらねぇことだろう」

「いやいや、今日は……」

ピロロロロッピロロロロッピロロロロッピロロロロッピロロロロッ
友人の携帯電話が鳴る。友人は着信を見ると苦い顔をし、電話に出る。

「もしもし、あっプーちゃん。ああ、うん。分かった、分かった。いやいや、それはね、あっプーちゃん」浮かない顔で友人は電話を切る。

「プーちゃんって誰ですか？」

「かみさんだよ」

「えっ！　かみさん？」

「あっ、お前知らなかったのか、俺結婚したんだよ」

「そうなんですか」

「ガキの面倒見ろってうるせぇんだよ」

「えっ！　子供？」

「ああ、生まれたんだよ」

「あらまー」

しばらく会っていないうちに、友人に妻と子供ができていたとは驚きである。しかし考えてみれば、友人も子供の一人や二人いてもおかしくない年齢である。自分にしても別に嫁がいてもおかしくない歳だ。となると、これはもしや良い返事を貰えるやもしれん。というのは、友人は大事な妻と子供を養うためにも先立つものを欲しているはずであるだろうからだ。しめしめ。それではそろそろ本題に入るとしよう。

「それでですねぇー、今日呼んだのは……」

ピロロロロッピロロロロッピロロロロロッピロロロロロッピロロロロロッ
またも友人の携帯電話が鳴る。

「はいもしもし、あっどうも、いやいや、ええ、そうですか、大丈夫です、はい、はい、はい………」電話を切る。

「悪りぃ悪りぃ、仕事場からだよ」

「何の仕事でしたっけ」

「嫁の親父さんの所で工場長やってるよ」

「そうなんですか」

「これでもいろいろ任されて大変なんだよ」

てっきり彼もまた職に困り果てていると思っていたが、何だか僕の目の前にいる友人の表情は生きがいに満ちていた。僕の頭の中では、友人とニュービジネスについて斬新な発想を生み出すなりして盛り上がる予定であったが、彼には妻と子供と立派な職があり、幸せで充実した人生を送っているのである。予想外の展開と、友人の生き生きとした表情を前に自分の不甲斐なさを感じ、意気消沈する。

「ところで、お前何してんだよ」

「求職中」

「はあ？　お前これからはITだとかブロードバンドとか言ってたじゃねぇか」

「へへへ」

「へへへじゃねぇよ。お前もいい歳なんだから、もっと将来のことを考えろよ。今の時代、会社にしがみついてなきゃならねぇんだよ」

「それでですね……」

「分かったぞ、話ってのは何かを始めようとかそんなとこだろう」

「まあ、そんなとこ。へへへ」

「やっぱりそんなことか。どうしようもねぇな。お前は何がしたいんだ。世の中そんなに甘くないんだよ」友人は煙草を灰皿に押し付け、説教を垂れ流し。

「俺のいとこがお前くらいの歳で、これまた仕事もしねぇで家にこもってパソコンいじってんだよ。引きこもりってやつだな。友達になってやってくんねぇか。暇なら会ってみろよ」そう言って友人はその住所をメモ紙に書き「いよいよ困ったら、俺の所で働け」と金も払わずに帰って行った。


なかなか思ったように上手くはいかないものだ。最終的に話は別の話題となり、終わった。しかしこんなものは失敗でも何でもない。悄気《しょげ》ている場合ではないのである。僕にそんな暇はないのである。会計の際に可愛いウェイトレスに話しかけてみるものの、厨房の方からマスターの冷たい視線が邪魔をした。

僕は友人に紹介してもらった豊田という男の住所が書いてあるメモ紙をポケットにしまい、とりあえず知人に片っ端から接触しようと考え、気はひけるが前の会社の同僚の細嶺に電話してみた。

「久しぶりだなぁ。お前、今何やってるの？」

「何もやってなくて困っちゃって電話したんだよね」

「えっ、お前まだ何もしてないの？」

「細嶺君、時間ある？　相談乗ってくんないかな」

「今忙しくて、そんな暇ないよ」

「俺が辞めて負担が行っちゃたんだ。悪いね」

「いや、なかなかできる新人の子が入ったから大丈夫だよ」

「あっそっそう」

「そうだ！　小熊さんに連絡してみろよ。こぐまちゃんレコードを設立したみたいだよ」

「こぐまちゃんレコード？」

「俺も詳しいことは知らないけどね」

「へえー。じゃあ、ちょっとあいさつに行こうかな」

「それじゃあ頑張れよ」と細嶺は電話を切る。

小熊さんとは前の会社で音楽制作をやっていた方である。いろいろなミュージックの話なんかをして楽しい日々を共に過ごしていたのであるが、ある時突然会社を辞めてしまい、それっきり行方が分からず連絡を取っていなかったが、独立したとは大したもんである。

こぐまちゃんレコード?

レコードがつくのだから、やはりその道のものであろう。レコード会社か、それともレコード屋であろうか。よく分からぬが、とりあえず行ってみよう。行けば分かることである。もしかしたら仕事なんかもいただけるかもしれんと思い、僕はこぐまちゃんレコードに向かった。

こぐまちゃんレコードはビルの三階だった。エレベーターで三階に上がると、ドアに可愛いこぐまちゃんがついている。会社のイメージキャラクターであろうか。入り口にライオンがついているのは見たことがあるが、クマというのは初めてだ。

同じフロアに別の会社が何社か入っている。入り口に来客用の電話が置いてある。内線ボタンを押せと書いてあるので、受話器を取り内線ボタンを押した。可愛いこぐまちゃんがにこにこ笑っている。僕もにこにこ笑った。

「はい、こぐまちゃんレコードです」女の声。

「あのう私、小熊先生と古くからの付き合いの満潮と言いますが、小熊先生はいらっしゃいますか?」

「みちしお?」

「はい」

「少々お待ち下さい。フフッ」なんだ最後のフフッというのは、人の名を聞いて笑うとは、なんと失礼千万であろうか。しかし今日は特別に良しとしよう。僕は久しぶりの再会に胸躍らせ、こぐまちゃんに微笑んだ。

しばらくして女の声。

「お待たせ致しました。小熊は多忙なスケジュールのため、お会いすることができません」

「えっ、満潮って名前伝えてくれました?　もう古くからの付き合いでして、そんなはずはないと思うのですが……」

「ガチャッ」切られた。話はまだ終わっていないのに、なんてせっかちな女なんだ。

僕はまた内線ボタンを押した。

「はい」女。

「あっ、何か切れちゃったみたいですが……」

「それがどうしました！」と何やら女は怒っている。こいつは何を怒っているんだ。社内で何かが起こっているのか？　男と上手くいっていないのか？　それとも不倫相手に捨てられたのか？　どれにしても僕に当たるのはやめてもらいたいもんだ。

「小熊先生が不在でしたら私の連絡先と名前を教えといていただけますか？」

「忙しいって言ってるでしょう。いい加減にして下さい！　ガチャッ」と、またも切れる。

この受付は何なんだ、応対の仕方というものがまるでなっとらん。僕を誰だと思っているんだ。後で小熊さんに報告だ。多忙なスケジュールねぇ。羨ましいな。しかし待つよ待つよ、何時までも。この努力こそが、明るい未来への扉を開けて行くはずだ。僕は傘立ての横で待った。

目の前の別の会社からはスーツをぴしゃりと着た外国人が出て来たり、書類を抱えた男が慌ただしく入って行ったりしている。一体何の会社なんだ。一方こぐまちゃんレコードには先程から誰一人として出入りがない。暇なのでエレベーターボーイでもやろうかと思ったがやめた。

そんな僕も非常に眠たくなってきた。寒気が襲う。今日は何時になく朝っぱらから起きているせいだ。おっとっと、いかんいかん、この言い訳ぐせがいけないんだ。何時の間にやら頭の中に言い訳をつくってしまい、できないと自ら決めてしまう。昔、誰からか聞いたことがある、自分の脳を構築するのは自分だと。

僕は心の中の弱音を取っ払って背筋を伸ばした。こういった時は空想に耽るのが一番である。そうしているとあっという間に時が過ぎて行くのである。

そういえばと、昔プラスチック工場の流れ作業のアルバイトをしていた時を思い出す。ベルトコンベアーにシャンプーなどの容器をひたすら置くのだが、まったく時間が経たぬので空想に耽っていたところ、幾つもの容器を逆さまに流してしまい、機械を詰まらせ、雷のような説教を受けたことがある。

「おい！」

何処からか声がした。

「こら！」

また、何処からか声がした。見渡すが誰も居ない。

「お前だよお前！　其処の薄汚ねぇお前だよ！」

疲れのせいか幻聴が聞こえ出したのかと耳をかっぽじった。

「こっちだよこっち！　いい加減気が付けよ馬鹿野郎！」

僕は呆然として、自分の目を疑った。何とドアに貼り付いているこぐまちゃんが、眉間に皺を寄せて僕を睨みつけているではないか。僕はまだこの事態を信じられずに、目を擦《こす》りながら近付いた。

「やっと気付いたか、何処見たって俺しかいねぇだろうが!」と、やはりこのこぐまちゃんが喋っているのである。ドアに貼り付いた会社のキャラクターが喋るのである。世の進歩に驚愕する。

しかしどういう仕組みであるのかと、僕はこぐまちゃんを触ってみた。

「痛っ」指を噛まれてしまった。このこぐまちゃんは生きているじゃないか。

「触るんじゃねぇよ。今度やったら指を噛み切るぞ!」と自慢の牙を見せる。

「それよりそんな所で待っててても御主人様は帰って来ねぇよ」

「御主人様?」

「阿呆か! お前が会いに来た人だよ」

「小熊さんのことか?」

「そうだよ。いちいち面倒な奴だな。会ってどうするつもりだ。どうせ仕事かなんかを貰いに来たんだろう。居るんだよな、自分は何もしねぇで何かをくれなんて言う能無しが。

気楽なもんだぜ。よく恥ずかしくねぇもんだよ。そんな奴見てたら、こっちまで気が滅入っちまう。聞いてるのか？　お前のことだよ。邪魔だからさっさと帰れ。あんぽん。能無し」胸にぐさぐさと突き刺さるが、このまま言われっぱなしじゃあ男が廃《すた》ると反撃。

「だったらどうだってんだ。偉そうにしやがって、お前もドアに張り付いた能無し熊じゃねえか。この飼い熊。毎日毎日お客さんににこにこ愛想振りまいてろ。一生ドアに張り付いて、開け閉めされてろ！　悔しかったらそのドアから出て来てみやがれ！」

するとドアがガタガタと動き出し、こぐまちゃんは牙を剥き出しに大きな口を開き、今にもドアから飛び出して来んばかりに暴れ出した。

ガァオーガァオーガァオー。

「早く俺の前から姿を消さないと……ガァオー」

僕は一目散に逃げ出した。

3

此処まで来れば安心だろう。日頃の運動不足により息を切らす。心臓が破裂しそうだ。あんな可愛い顔して、なんて恐ろしいんだ。

右手の公園にある奇妙な噴水。中央に男の彫像が立っている噴水。その男の彫像は目玉を剝き出し、両手と顎を空へ向けて突き上げている。なんて顔した彫像だ。公園にはふさわしくない表情である。剝き出した目玉の先には午後の太陽が昇っている。まるで干涸《ひから》びているような様である。

まったくおかしな噴水だと思いながら公園を通り過ぎ、差しかかる歩道橋に上がり、行き交う車を眺める。みんな何処へ行くんだ。車の中では楽しく話がはずんだりしてるんだろうなあ。ファミリーやカップル達が。いいなーいいなー人間っていいな。そう呟きながら、ふと隣を見ると僕と同じように夕日を眺めるオヤジがいた。

野球チームの帽子に汚れたジャージ姿で黄昏れている。足元によれよれの革の靴。このオヤジもまた行く所がないのであろうか。そんなオヤジに見とれていると、オヤジは僕に気付いた。眼鏡の奥に鋭い目。オヤジはにやにやと前歯のない歯茎を見せながら僕の方へと寄って来た。

「兄ちゃん煙草あるか?」なれなれしい喋り方だ。僕は煙草とライターをポケットから取り出し、オヤジに渡した。オヤジは煙草を二本取り出し、一本をポケットに入れ、もう一本をくわえて火をつけると深呼吸するように煙を吸い込んだ。とても美味そうに吸うので僕も煙草に火をつけた。

「お前、腹減ってねぇか?」そう言うとオヤジはよれよれの鞄から弁当箱を取り出して蓋を開け、僕に食べろと勧めるが、今まで見たことのない色彩の弁当なので、腹の調子が良くないと断った。

「これから何処へ行くんだ?」

「別に考えてないけど、もう少し此処にいようかな」

「そうかそうか、やはりこの場所は良いだろう。ハッハッハッハ」と、オヤジは何故か上機嫌になり笑いだす。

「この歩道橋はわしが建てたんだよ。おまえはセンスがあるよ。見る目があるよ。ハッハッハッハ。わしは二好というもんじゃ。よろしくの。そうかそうかこの歩道橋の良さが分かるるか。ハッハッハッハッハ」

上機嫌になった二好と名乗るこのうさん臭いオヤジは、さらに調子づいて喋り出した。

「この歩道橋はすばらヒシュロファイ近の道路ファ雑すぎてダナシューパランファヒホロ間ワシュ自転車で道路を凄スフィードで走ファクショもりあがったアスファルトファンとられて転ゲンゴウロンヨン転けたのがわしだから良ファッタリ素人ファ大変ファナロリテロロウロジェヤダダガオレロロファキュリノジャロウジョウナリアガリヴェロバリ…………………………」

二好のオヤジは目を見開き、興奮して凄い早さで喋り出したが、喋りに舌がついていっておらず、何を言っているのか分からない上、とうとう口の横から大量の泡を吐き出し始めるといった始末である。しょうがなく背中を摩《さす》ってやった。

落ち着きを取り戻した二好のオヤジに先程は何を言っていたのかと聞くと、自転車で走行中に道路のでこぼこにハンドルをとられて転倒して、それが自分だったから複雑骨折で済んだ。俺だから複雑骨折だったが、一般人だったらどうなっていたことか、ということであった。最近の道路の造りがなっとらんと怒っているのである。

「お前は凄く良い目をしてるよ。輝いているよ。其処ら辺の奴らとは全然違うぞ。ハッハッハッ」と二好のオヤジはまたも褒め始める。

「本当だ。俺が言うんだから間違いはない」

訳の分からぬことを言うオヤジだが悪い気はしなかった。二好のオヤジは家へ来いと言い、鞄を持って歩き出した。僕は後をついて行った。

茜色の空に鴉が一羽鳴いていた。


「まあ我が家だと思ってゆっくりしてくれ」と到着したのは、先程通りがかった公園である。僕はベンチに座った。

「晩御飯よ」とお母さんが、遊ぶ子供を迎えに来ては、一緒に手をつないで帰って行った。これからホームに帰り、ホットなディナーと今日の楽しい出来事を話したりして食卓を囲むのであろうか。だんだんと遠くなっていく母と子を見ていた。

しかしこの噴水である。こんなもの誰が造ったんだと眺めていると、突然、噴水はぐらぐらと動き始めた。

アガガガガッッガガッガガガガッッガガッガガッガガッガガガガガガッ。

そして彫像の口から勢い良く水が噴き出した。

動き出す彫像に驚き、ベンチの裏に隠れた自分が情けない。噴水はその名の通り、水を噴き出しただけである。

しかし従来の噴水のように、一定の勢いで水が噴き出してはおらず、ガバッガバッと、何ともきれの悪い噴水で見ているとこっちまで息苦しくなってくる。撒き散らされる水はその噴水の範囲を遥かに超えており、辺りは水浸し。泥濘《ぬかる》む地面。赤茶色の水たまり。べちゃべちゃ。自ら吐き出す水で濡れねずみとなっている彫像の様は何とも滑稽である。そもそも何でこんな時間に噴き出すのであろうか。しかしこの機会を絶好にと二好のオヤジは着ていた衣服を脱ぎ捨て「ひゃー、うひゃー、こりゃたまらん」と喘ぎながら噴水に入り、噴き出す水をシャワーがわりに体を洗い始めた。「お前も入ったらどうだ」というので、間に合っていると断った。

この二好のオヤジ、色黒で歳のわりにはなかなか良い体格をしており、体の至る所に爪でひっかいたような傷跡がある。

何で二好のオヤジの水浴びを見なきゃならんのだと馬鹿馬鹿しくなり、僕はベンチに横になった。冷たいベンチが気持ち良い。体の隅々まで冷やしてくれる。そのまま目を閉じた。

犬の鳴き声がする。

鳴き声はだんだんと僕の方へ来る。犬は側まで来ると僕の腹の上に飛び乗りべろべろと顔を舐め回した。

「梅吉！」二好のオヤジが呼ぶ。

僕は犬を抱え上げた。二好のオヤジの犬らしい。梅吉。

僕は梅吉とじゃれ遊んだ。二好のオヤジは濡れた体を汚い布で拭いている。梅吉の眉間にもまた爪でひっかいたような傷跡がある。僕が「この傷はどうしたんだ」と傷跡を撫でていると二好のオヤジは隣に座り、真剣な顔をして話し始めた。

昔まだ若かったわしと梅吉が山へ行った時の話じゃ。

ちょっとした散歩のつもりだったんじゃが、目に映る風光明媚に夢中になって歩き続けていると、途に迷ってしまい、どうしたことやら滝に辿り着いた。

其処は見晴らしが良く、わしと梅吉はその場所が気に入って食事をすることにしたんじゃ。しばらくして気付いたんじゃが、その滝で巨大熊が水浴びしとった。わしは驚いて箸を落としたよ。その箸の落ちた音に反応したかのように、巨大熊の方もわしらに気付いた。無邪気な梅吉は喜びながら、巨大熊に走り寄った。止めようとしたが、もう遅かった。巨大熊の一撃が梅吉の眉間を裂き、梅吉はその場に倒れたんじゃ。怒りに満ちたわしは巨大熊と戦った。三時間に及ぶ壮絶な死闘が続いたが、なかなか決着がつかずに巨大熊と睨み合っていた、その時だった。大きな流木が滝から落ちて来て、巨大熊の脳天を突き刺した。辺り一面血の海となったよ。わしは梅吉の側へ走り、抱きかかえた。まだかすかに息はあった。そして山を駆け降りて病院へ行き、何とか一命を取り留めたんじゃ。

話が終わると僕は二好のオヤジの前に跪《ひざまず》いた。

そしてこれまでのことをすべて打ち明けた。

「こぐまちゃんを倒して欲しい」

「そうかそんなことがあったか」そう言って二好のオヤジは考え込んだ様子で黙ったが、少ししてまた口を開いた。

「今の話は随分前のことで、わしが若い時の話じゃよ。わしももう歳を取った。すまんが今はそんな力は残ってないよ」

相手はこぐまちゃんであるから、巨大熊を倒したオヤジには赤子の手をひねるより簡単と思っていたが、二好のオヤジの言葉に最後の光が途絶えたと肩を落とした。

しばらくして落胆した僕の肩に手をかけて、二好のオヤジは言った。

「わしがこぐまちゃんを倒すことはできぬ、しかしこぐまちゃんを倒す技をお前に伝授することはできるぞ」

僕は迷うことなく答えた。

「伝授して下さい」

「修行は過酷じゃぞ。まあ今日はゆっくりと休みなさい」

そしてそのまま公園のベンチで梅吉を抱いて寝た。

虫の音。

目を覚ますと夜であった。どうやら風邪をひいたようだ。鼻水が大量に流れ出る。二好のオヤジも梅吉も何時の間にやら何処かに行っていた。

煙草を吸おうとポケットを探った。

煙草が無い。

ライターも無い。
財布も無い。
無い無い無いー何にも無いー。
口ずさむ昔のアイドルグループトリオの歌は静まりかえった公園に消えた。
朧月《おぼろづき》が彫像を無気味に照らしていた。
僕はアパートに帰った。

殺風景な部屋だ。部屋を見渡したが、どうやら真知子が来た様子もない。取られる物もないし、鍵をかけるのが面倒なので、僕は大体部屋に鍵をしない。真知子が勝手に部屋で待っているのを期待していた。郵便ポストに手紙でも来ていないかと見てみたが何も入ってない。僕は真知子が買って来た菓子をボリボリと食べて空腹を満たし、頭痛薬を口に含むと、歯にこびりついた菓子と一緒に水で流し込んだ。

あぁ真知子は何処へ行ったんだ。此処へはもう戻って来ないのか。何故連絡先を聞かなかったのかと後悔する。時間が経つにつれて真知子に会いたいという気持ちが強くなっていく。

僕は電気もつけず椅子に凭《もた》れ、テレビをつけた。

番組の終了したテレビが暗い部屋を青く照らした。

そのまま何も考えず椅子に凭れていると背後に気配を感じる。この世のものではなかったらと思うと身の毛がよだつ。

恐る恐る振り向くと、それは自分の影であった。

白い壁に滲む影は鈍く揺れていた。

自分の影と向き合い、とても弱々しく揺れるその影を前に、僕は見透かされたように無力だった。

すべてが明らかであった。

そしてただじっと影と向き合っていた。

やがて朝の光と共に影は薄れて消えた。

僕は行かなければならない。

4

以前友人に紹介してもらった豊田という男の元へ足を運んだ。

六部屋しかない古い二階建てのアパートで、豊田の部屋は一階の真ん中である。

ノック。

しかし返事がない。

留守のようなので、待つことにした。近くの自動販売機でビールと煙草を買い、入り口の横に置いてある山積みの雑誌を読んで暇をつぶすことにした。

一時間くらいすると一匹の猫が近付いて来た。白黒茶色の三毛猫である。よしよしと手を差し伸べると、猫は「にゃ～お」と鳴き、豊田の部屋のドアを開け、中へと入って行った。

開いていたようだ。開いたドアの隙間から中を覗くと、暗い部屋の中に背中を丸めコンピューターのモニターを凝視する男あり。豊田。

ひたすら待っていた僕は何だったんだ。

「ねぇ、ちょっとすみません」呼ぶ。

返事はない。

ヘッドホンをしている感じでもないのだが、何かに集中していて聞こえぬのであろうか。

「すみませーん」再度大きな声で呼んだ。

応答無し。

これは間違いなく無視だ。いや待てよ、ひょっとして僕を集金とか何かの勧誘などに間違えているかもしれん。

「あのー、秀雄さんに貴方のことを紹介してもらいましてですねぇ、それで会いに来たんですけども、決して怪しい者ではありません」

そのまま僕は豊田の背中を見つめること数分。

やはり返事がない。

「おじゃまします」僕は勝手に部屋へ上がり、ソファーに腰掛けた。

「何じゃ」豊田は背を向けたまま口を開いた。なかなかどすの利いた声だ。

「あんた、聞こえてんだったら返事くらいしろよ」怯《ひる》まず返答する。

「で、何じゃ」この豊田の態度に腹が立つ。大体、僕は頼まれて、嫌々ながら、お前を更生させようとして、此処にわざわざ来たのである。その来客に対して、なんて横着な態度なんだ。しかし怒っていたのでは話が進まない。此処はぐっと堪えよう。引きこもりに、引きこもりと言っても、ますます引きこもってしまうであろうから、何とか引きこもりを引き出す会話をしなければならない。

「先程も言いましたようにですね。秀雄さんに仕事はないかと相談したところ、話の中でコンピューターのプロフェッショナルが居るから会ってみるかってことになりましてですね、僕も人生でプロフェッショナルに会えるなんてまたとないチャンスですし、前の仕事でコンピューターを使ってまして、是非プロフェッショナルにお会いしたいなと思いまして、それで遥々遠方から来た次第でございます」

「いやー、それほどでもないよ」と豊田はにこやかな笑顔で振り返る。喋り方のわりに童顔である。ほっぺたがふっくらと艶を帯びている。

「あの猫何ていう名前?」

「とよ丸」

「ところで豊田君は今はフリーか何かで仕事してるのかい？」

「うんにゃ、わしゃ、何にもしとらんぞ」

「えっ、じゃあどうやって飯を喰ってるんだい？」

「飯は炊いて喰うとるぞ」

「ははは、面白いこと言うなあ。収入だよ。収入が無いと飯も喰えないだろ」

「貯金じゃ」

そうは言うが、貯金と言っても何もしていなければ、貯金は増えることなく減っていくばかりであろう。しかしこの余裕からすると大層な金額を貯金しているのか、それとも金持ちの息子か、はたまた単なる馬鹿かのどれかだろう。金が無くなると、終始、頭の中は金のことでいっぱいになり、不安が押し寄せゆとりある暮らしは消える。僕のように。

「さっきからモニターずっと見ていたけど、何見てんの？」後ろで映る映像が気になり聞いてみた。

「いや別に」と豊田はモニターを隠す。隠すとなると気になるもんで、僕はモニターを見ようと身を動かす、すると豊田は見られないように身を動かす、僕はすかさず左に身を動かす、ところが豊田もすかさず左に身を動かし隠す。そういったオフェンス＆ディフェンス、そんな攻防が五分くらい続き、二人は何だか可笑しくなってきて笑いころげた。その隙にすかさずモニターを覗くと、チャンネルを変えられており、モニターにはアフリカの動物達の映像が流れていた。
「あんた、何か楽器はできないの？」豊田は言った。

「いやー恥ずかしながらできないよ」と言うと、豊田は革のケースからトランペットを取り出した。

「吹けるの？」

「まあね」

「楽器ができるっていいね」

「まぁ趣味だけどね」

豊田は嬉しそうにトランペットを見つめる。きっとこいつは友達が少ないがために、日々練習したトランペットを誰にも披露できずに悩んでいたのではなかろうか。それで僕に聴いて貰おうということか。ならば僕の訪問も決して悪くはないんじゃないか。むしろ嬉しいはずである。ならば聴きましょう。僕は演奏を始める豊田に拍手を送る。

プープップッピープープー
ッッッピーパーブッハヒーップリリリ
ピヒャーフィーフーッッップウブウブウウウジュルジュルジュッ
プヒーヒヒーパップープリーリービブウグジュグジュルリーシュルルシュルニュー
チュルリーヒャーブウッッッッッッッッッッッッッッッッ
ィーフーッッッッッッッッッッッッッッッッ
ビィッッッッッッッ
プリリッッッ

何だこれは?

僕は啞然とした。自ら演奏を始めたので、てっきりそれなりに吹けるものと思って聴いていたが、まったく音が出てないじゃないか。それに聴いているとだんだん胃袋が歪むような苦痛に陥ってきた。

新手のトランス?

トランペットの口から涎が垂れている。

豊田は蛸のように真っ赤な顔して尚も吹き続ける。
蛸のようにグニャグニャと空間が歪む。
ブブブッブブブブプヒェーブブプブウウウプップウッッッッピヒッッッ
何時まで続けるんだ。
響き渡る狂った音。
モニターに映る弱肉強食のアフリカの動物達。
踊る三毛猫。
とよ丸。
歪む童顔。
豊田。
脳が混乱し始める。
僕は何をしているんだ。
未来は明るくなるのか。
シャウト。
僕は何時の間にか豊田のトランペットと共に奇声をあげていた。

どれくらい時が過ぎただろうか。僕達は熱いセッションの後、握手を交わし、強く抱き合っていた。
「お前なかなかやるな！」と言って、上機嫌になった豊田はブランデーやら焼酎やらを持って来た。そして豊田と二人酒を酌み交わした。

夢を見た。
心地好い風の中。
のどかなせせらぎ。

どんぶらこ～　激流下り～　こころざし～
どんぶらこ～　激流下り～　こころざし～
どんぶらこ～　激流下り～　こころざし～

僕は小ぶりの茶碗に乗り、呑気にも歌を歌いながら大河を下っていた。しばらく行くと青い空の下に、眩しい太陽の下に、日傘をさした女が立っていた。僕は手を振った。

女は僕に気付いたらしく、僕の方を見てくすくすと笑っている。

そんな仕草からもしやと思う。

真知子だ。

彼女に違いない。

僕は茶碗から飛び降りた。泳ぎは得意ではないが、此処から陸地までなら泳げる。ところが一見緩やかに見えていた大河の流れはとても急で、僕と真知子の距離をじわりじわりと離していった。そして彼女は笑いながら景色の中へと消えていった。

僕は大量の水を飲んでしまい、危ういところ運良く流木にしがみつき、陸地へと辿り着くことができた。

僕は真知子の消えた場所まで走った。しかしもう其処には彼女の姿はなかった。僕は胃袋が飛び出しそうなほど激しく嘔吐した。胃袋から飛び出してくる大量の水と一緒に小魚も出て来た。土手に倒れ、泣きじゃくる。

突如、青空は曇り、灰色の雲の割れ間から巨大なこぐまちゃんが現れた。

巨大なこぐまちゃんとは表現がおかしく、巨大になったこぐまちゃんであるが、巨大になったらこぐまちゃんではなくなるのだけれど、それじゃあ、昔、小錦関という相撲取りがいたが、あれはどうなるんだと考えている間に、こぐまちゃんは僕を見つけて襲いかかって来た。

逃げようとしたが、もはや体力の限界である。体が言うことを聞かない。こぐまちゃんは僕の前に立ちはだかり、獲物を追い詰めて勝ち誇った余裕の笑みだ。

このままただ何もできずになす術《すべ》なく捕まってしまうのか。

豊田の家で見たアフリカの動物達のように弱肉強食の掟の中、一口でぺろりと食べられてしまうのか。

僕は死んだふりをした。

しかし、こぐまちゃんは大きな口を開け迫って来た。

これが自分の最後なんだと思った。

「…………」

おやっ、何ともないぞ。

恐怖に目を閉じ、全身を硬直させる自分を認識した。

此処は天国か？　はたまた地獄か？

恐る恐る目を開けて見ると、こぐまちゃんは僕が吐き出した小魚を食べていた。そしてまだ物足りなさそうにしていたが、しばらくして去って行った。

目が覚めた。何て恐ろしい夢だ。凄い速さで心臓は動いている。心臓と耳が直結しているようだ。鼓動が鼓膜を叩く。自分の息が聞こえる。生きている。汗をびっしょりかいていた。豊田と酒を飲み、そのまま寝てしまっていたようだ。

部屋に豊田の姿はなかった。頭痛薬を飲んだ。夢の中まで現れやがって、おちおち眠れやしない。深呼吸し、顔を洗い、こぐまちゃんと決着をつけようと意を決した。真知子と再び会えるのも、答えは其処にあるはずだと豊田のアパートを飛び出した。

5

こぐまちゃんレコードに着いた。相変わらず、こぐまちゃんはにこにこと可愛いキャラクターを装って笑っている。

今日は前の時とは違うぜ、覚悟しな。さあ、何時でも出て来い。

僕は睨をきかせた。

しばし時が過ぎるが何の変化もなく、やはりこぐまちゃんは可愛い笑顔だ。

「もしもし」

「…………」

こぐまちゃんに話しかけてみたが返事はない。もしや前回のように手順があるのではないかと思い、受話器を取り、内線ボタンを押した。

「はい、こぐまちゃんレコードです」この前の女だ。

「度々すみません。以前お伺いした満潮という者ですけど、小熊先生はいらっしゃいますでしょうか」

「あいにく小熊は外出しております。ガチャ」またこれだ、まったく無礼な応対である。まあいいさ、今日はこのこぐまちゃんに用があるんだ。

「何黙っているんだ！　早くその笑顔の裏の本性を出しやがれ！　さあ、何とか言ったらどうなんだ」

しばらくするとこぐまちゃんは口を開いた。

「お前も相当いかれてるな」こぐまちゃんはため息まじりで言った。

「何だと」

「個人的には好きだぜ」と予想外の返答。物腰柔らか。調子が狂う。懲りずにまた出向いた根性が良かったせいか、対応が以前と違う。それか小熊さんに僕のことを聞いて無礼な対応を反省したのやもしれん。どっちにせよ僕のことを気に入ったようだ。友好的である。動物は相手が自分より強いか弱いか判断するらしいが、ようやく僕には及ばぬことを知ったか。少し気付くのが遅かったようだが、まぁ大目に見てやろう。

「そうかやっと考えを改めてくれたか。お前も一生ドアに貼り付いてるんだもんな。ストレスも溜まるよ。大変だと思うぜ。森へ帰れ。さあ、この扉を開けてくれ」

すると、こぐまちゃんは牙を剝き出して吠え出した。

ガォーガォーガォー。

何が気に触ったのか、またもこぐまちゃんは暴れ出し、襲いかかってくる様子だ。僕は咄嗟《とっさ》に隣にある傘立てからビニール傘を取り、こぐまちゃんをバシバシ殴った。

何発殴っただろうか。ビニール傘は折れ曲がっている。僕は尚も夢中でビニール傘を振り回した。

ふと我に返ると、何だか辺りがざわざわとしている。別の会社の人々が何の騒ぎだと騒ぎ出し、ドアからこちらを覗いている。振り返ると「きゃぁーこっち見た」と悲鳴をあげ、危険を察したように急いでドアを閉めた。やばい、警察に通報されてしまう。いや、もうとっくに通報されているかもしれない。人を何か変なものでも見るような目で見やがって。何かと言えばすぐに警察だ、すぐに異常だなどと思いやがって、お前らがどんな日常を送っているのかしらんが、少しの異変でぴぃぴぃ騒ぐのはやめてくれないか。お前達には関係のないことである。僕に否はない。警察が来ても堂々としてればいい話である。まそうは言ってもおそらく捕まるであろう。こんな所で捕まっている暇はないのである。

ぁしかし何をすれば捕まるかというのが分かるというのは、僕にも多少の教育が刷り込まれていたということだ。刷り込み式にね。ははは。これは愉快だな、と笑っている場合ではない。早く逃げなければ。僕はビニール傘を放り投げて階段を駆け降りた。外に出るとパトカーのサイレンが聞こえた。無我夢中に走った。


人込みに紛れ、デパートに入ると、エスカレーターで屋上まで行った。

屋上にはイベント用のステージがあったり、ちびっ子達用に電車や車などの乗り物なんかも設置されてある。売店があるので何か喰らおうと子供達の後ろに並び、メニューを見て、ホットドッグとコーラを頼んだ。

どうやら今日は何かのイベントがあるらしく、沢山の子供連れの家族が椅子に腰掛けている。子供達は今か今かと待ちわびて、はしゃいでいる。元気の良い子供がステージから飛び降りている。

ベンチに腰掛け、ホットドッグで空腹を紛らわし、煙草を吸っていると間もなくショーが始まるアナウンスが流れた。

「本日は誠に御来場ありがとうございます。それでは、こぐまちゃんショーが始まります」気のせいか、こぐまちゃんレコードの受付の女の声に似ている。

　ステージの幕がゆっくりと開くと森の背景の中、縫いぐるみのこぐまちゃんが登場した。すると一斉に「こぐまちゃーん、こぐまちゃーん」とこぐまちゃんコールが始まり、子供達はとても喜び、拍手喝采の嵐が巻き起こった。他にも、ウサギさんや、タヌキさんや、キツネさんや、キツツキさんなど、いろいろな動物達がいるのだが、中でもこぐまちゃんは大人気である。

　こぐまちゃんは子供達全員に手を振った。手を振るこぐまちゃんは僕の方を見た。いや違う！　見つけたといった感じである。もしや、あのこぐまちゃんは僕を追って来たんではなかろうか。しかしあいつが張り付いたドアから抜け出したと言うのか。だが先刻のあの視線の奥には明らかに何かがあった。そうだ、やはり追って来たんだ。そうに違いない。あのアナウンスもきっとあの受付の女だ。

　こぐまちゃんが演技に夢中になった隙に逃げ出すしかない。何がこぐまちゃんショーだこの野郎、僕は本性を知っているぞ。虎視眈々《こしたんたん》と様子を窺った。

　森林伐採を企て森を脅かす人間達を、人気者のこぐまちゃんを筆頭に、動物達が一致団結して森を守るといったストーリーだ。

なかなか考えさせられる話である。ウサギさんがショベルカーに吊るされた時は一体どうなるかとひやひやした。コンクリート詰めにされたシマウマさんに泪する子もいた。僕も少しうるうると涙腺を刺激された。そして何時の間にかどっぷり話にのめり込んでしまっていると、ショーも終わりにさしかかり、森の動物達が舞台に横一列に整列し始めた。カーテンコール。僕は逃げるチャンスを逃してしまった。あたふたしていると、アナウンスが流れる。

「こぐまちゃんは力持ち、誰かこぐまちゃんと力くらべをする人は居ないかな」

するとと子供達は、ぼくもわたしもと手を上げて立ち上がった。僕はチャンスと思い、客席の後ろをそっと屈んで逃げようとした。

「じゃあ、其処のお兄さんに決定！　こぐまちゃんと力くらべをしてもらいましょう」みんな一斉に振り返り、四つん這いの僕を見下ろした。

「お兄さん、ステージまでどうぞ」

みんなに拍手され、おばさん二人に両腕をつかまれ、訳の分からぬ内に僕はステージに連れて行かれた。

「さあ、こぐまちゃんとお兄さん、お相撲でどっちが強いか勝負してもらいましょう」

森の動物達が僕にまわしをつけ始める。相変わらず、こぐまちゃんは笑っている。ちきしょう何処まで追って来る気だ。しかしもう逃げられぬ。僕は覚悟を決めた。

さあ、みんなの見ている前で決着をつけようじゃないか。

「どっちが強いかな」

するとと子供達は大きな声で応援を始めた。

「こぐまちゃん頑張って！」

「こいつをやっつけろ！」

「こぐまちゃーん！」

何ということだ。子供達はこぐまちゃんの応援ばかりである。僕には「死ね」だの「帰れ」だのと恐ろしいほどの罵声を浴びせる。

「見合って、見合って」行司のアナウンス。

駄目だ、みんなあの笑顔に騙されている。しかし今は何を言っても無駄だ。

「はっけよーい」

僕が真実を証明しなければならない。

僕があの縫いぐるみの下の醜い素顔を暴かなければならない。

「のこったぁ！」

その瞬間、こぐまちゃんの張り手が飛んできた。一瞬、何が起こったか分からなかった。朦朧《もうろう》とする中、こぐまちゃんの勝利を告げるアナウンスが聞こえた。

「こぐまちゃんの勝ちー」

僕はこぐまちゃんの張り手を一瞬の間に三発も貰い、ステージの外に投げ出されてしまっていたのである。子供達は大喜び。こぐまちゃんは勝利の喜びに飛び跳ねている。他の動物達も飛び跳ねる。まるで悪党をやっつけたかのように喜んでいる。さらに子供達は僕に「ざまあみろ」などと罵声を浴びせる。

何がこぐまちゃんだこの野郎。僕の頭の中で何かが切れた。八つ裂きにしてくれる。そしてふらつく足を踏ん張り、ステージに飛び上がって、こぐまちゃんに襲いかかった。僕がこぐまちゃんに馬乗りになると、その光景を見た子供達は泣き叫んだ。こぐまちゃんの頭を剝がし、真実を見せるんだ。

「やめろー」泣く子供達。

「もうやめて」うさぎさん。

「おいっ、やめろ！　何するんだ」こぐまちゃんはオヤジくさい声で抵抗する。

「何がやめろだこの野郎！　この期に及んでまだしらを切るか」僕は先の二倍三倍返しを喰らわせてやると、ボコスカ殴り続けた。

もう少しのところだったが、森の動物達に取り押さえられ、駆け付けた警備員に御用となってしまった。


スーツを着たちょび髭の中年男が入って来た。此処の支配人らしい。

「ちょっと君、やりすぎだよ」

「どうしてくれるんだ」

「ショーが台無しじゃないか」

「あれは観客と一体となるというパフォーマンスだよ。エンターテインメントだよ」

僕は下を向いたまま黙っていた。

「うん、どうなんだ。何とか言ったらどうだ」

「自分が何をしたのか分かってるのかね」

「君は子供達の夢を壊したんだよ」

「まったく困ったもんだ」

「とりあえず、警察呼んだからね。それまで頭を冷やしなさい」と出て行った。

しばらくして警官が入って来た。痩せて眼鏡をかけている小柄な警官だ。支配人とは対照的だ。その後に続き、こぐまちゃん役の男も入って来た。丸坊主の少し老けぎみの青年。縫いぐるみをまだ着ていて、頭を小脇に抱えている。頬に僕が殴ったあざが赤く腫れている。先程からずっと僕のことを睨んでいるが、胴体が縫いぐるみであるその姿が可笑しく、僕は笑いを堪えていた。

「君ー、暴れたんだって。何でまた。嫌な事でもあったの」小柄な警官は言った。何を言っても理解してくれないと思って僕は黙っていた。

「彼も謝れば許すって言ってるからさぁ」丸坊主の男は早く謝れと言わんばかりの表情である。

僕は絶対に謝ってなるものかと黙っていた。しばらく沈黙が続くと、丸坊主の男は次のショーの打ち合わせが始まると言って、不服そうに部屋を出て行った。ざまあみやがれ。

「とりあえず、ポケットの物を全部出して」と言われ、僕はポケットの中の物を全部出した。煙草、ライター、百円玉六枚、五十円玉一枚、十円玉二枚と真知子がくれた薬だけであった。

「他は」

「これだけです」

「身元が分かる物は」

「ありません」

「じゃあ、これ書いて」警官が出したその紙に名前や住所を記入した。その間、警官は薬を眺めていた。

「君ー、これどうしたの？」

「友達がくれました」

「これ何の薬？」

「頭痛薬」

「とりあえずさぁー、署まで来てよ」

「どうしてですか」

「いやー、この薬何か怪しいからさぁ」

何でそんなことしなければならないんだ。そもそもこいつは警官の格好をしているが、警察だという証拠はないいし、何だか怪しい。こいつもこぐまちゃんの手先かもしれん。警官になりすまし、僕をこぐまちゃんに差し出すつもりではないだろうか。そうだ、きっとそうに違いない。僕は逃げようと警官を突き飛ばした。

小柄な警官は「あー」と、情けのない声を出しながら、椅子に座ったまま後方に転げた。僕は小柄な警官を飛び越え、部屋を出て非常階段を駆け降りた。

6

夕日が空を染めていた。

何だか見たことのある風景だ。立ち止まり、ふと横を向くと豊田のアパートの前であった。何も考えずに歩いていたようだ。人影や電柱なんかが、ただ目に映るだけで、僕に何の関わりもなかった。僕とはすべてが無縁であった。何かの映像をただ見ているようであった。

豊田の部屋へ行き、ノックもせずドアを開けた。「豊田いるか」部屋の中は暗く、モニターがちらちらと部屋を照らしていた。豊田は留守のようなので、僕は部屋で待たせてもらおうと勝手に部屋に入り、ソファーに座って煙草を吸った。隣でとよ丸は眠っている。

「おまえは気楽でいいもんだよ」

「おまえ魚屋で魚盗んだりしねぇのか？」

「魚屋のオヤジに追っかけられたこととかあるか？」とよ丸は無反応だ。

「うん、どうなんだ。何とか言ったらどうだ」僕はデパートの支配人の真似をした。

「ところでおまえの主人は何処に行ったんだ」とよ丸を叩いたが、ぴくりとも動かない。

僕は頭痛薬を二粒飲み、テーブルに置きっぱなしのブランデーを飲んだ。生暖かいブランデーがどろりと喉元を流れた。

モニターにはCGで創られた1Kのフローリング八畳、バスとトイレ別の部屋が映っている。クリーム色の壁、チューリップのような照明、大きな赤いベッドと、なかなかシンプルで洒落た部屋だ。しかしこの映像はそもそも何なんだ。豊田の趣味であろうか。豊田はもしやインテリア系の仕事なんかをしているのだろうか。それにしてもなかなか良くできてるなぁと見入っていると、その部屋のドアが開いてCGの女が入って来た。これまた驚いたことに、まるで本物の人間のようである。まるで本物の人間のようであるが、CGだということは僕にでも区別がつく。髪の毛や肌の質感なんかはすごくリアルである。質《たち》の悪い肥満の野良猫の顔をした牛が二足歩行で歩いているような女である。はち切れそうなミニスカートから大根のような足を曝《さら》け出している。何だか分からぬが、何かが始まろうとしている様子に、何時の間にか僕はモニターに釘付けになっていた。

「まったく嫌になっちゃうわよ」女はぶつくさと独り言を言い、服を脱ぎ始めた。今まで服によって締め付けられていた肉が解放され垂れ下がる。下着姿となりベッドに寝転がって雑誌を読み始めた。

僕はブランデーを飲みながら尚もそれを見ていると、突然女は振り向き、僕を睨みつけ「ジロジロ見るんじゃねぇよ！　少し脱いだだけで興奮しやがって、この童貞野郎！」と怒鳴り、舌打ちをしやがると、また雑誌を読み始めた。

何だこの女？

あっ、思い出したぞ。この前豊田が必死に隠していたのはこれだ。周章《あわ》てて隠していたのがこれだったのかと思うと、笑いが込み上げる。しかしあいつも趣味が悪い。ははは。

「何一人で笑ってんだ。変な顔しやがって！」女はまた振り向いて怒鳴った。

「ちょっと待ってくれ、僕は此処の家の主に用事があって少し待たせてもらってるんだ。そしたらその部屋に君が入って来たんだ。ただそれだけだよ。何をそんなに怒っているんだい。確かにジロジロ見たよ。少しは興奮もしたよ。それは謝るよ。悪かった。だからもう機嫌を直してくれよ」

女はベッドから起き上がり、キッチンに行って冷蔵庫からジュースを取り出して飲むと、煙草を吸い出した。

「昼間何処かに行ったわよ」女は髪を触りながら言った。

「何処に行ったか知ってる?」

「知らないわよ。最近、あの人とのユニットが上手くいってないのよ。大喧嘩しちゃってそのまま出て行ったわよ」

「ユニット?」

「そう」

「ユニットって、豊田のトランペットと?」

「そうよ」

「何でまた喧嘩なんか?」

「お前の歌が下手だって言われて、ついつい私も頭にきちゃって」

この女の歌といい、豊田とのユニットといい、一体それらがどんなものであるか想像もつかない。

「ところで君なんて名前?」

「聞いてどうするのよ」

「やはり君みたいな素敵な女性の名前は誰だって知りたいもんさ」

「惚れたんじゃないんでしょうね」と不敵な笑み。ブランデーを飲んだ。

「先に名乗りなさいよ」

「満潮」

「みちしお」

「そう」

「珍しい名前ね。フフフ」女は笑った。僕は何だか真知子と初めて出会った時を思い出す。

「私はキャンディよ」

「キャンディか。キャンディは玄関から入って来たけど、何処に行ってたんだい？　というかドアの向こうには一体何があるんだい？」

「知らないわよ」

「知らないって君、其処から来たじゃないか。知らないことはないだろう」

「何もないわよ。気が付くとこの部屋にいるのよ。その時にはもうドアは閉まってるわよ」

「じゃあ出る時はどうやって出てるんだい？」

「知らないわよ。うるさいわねぇ。出たことなんてないわ」

「ふーん」

「それより私の歌聴きたいの？」

「へっ、俺そんなこと言った？」

「聴きたいんでしょ。顔がそう言ってるわよ」

どんな顔だ。まあ、聴いてみたい気もせんでもない。

「聴きたい」

「しょうがないわねぇ。特別よ」

ポップなミュージックが流れ、キャンディはリズムに合わせ腰を振り、もの凄い形相で歌い始めた。おぞましい歌声。サビに差しかかると、「キャンディ、キャンディ」と自分の名前を連呼しているだけである。時折見せる笑顔に僕は引きつった笑顔を返した。ブランデーを飲んだ。ようやく歌い終わり、僕は拍手した。この歌に豊田のトランペットが加わると思うと背筋が凍る。ブランデーを飲んだ。

「素晴らしかったよ」

「当たり前じゃない」キャンディはとても満足気である。

少し間をおいてキャンディは言った。

「ねぇ、私の歌ただで聞いたんだから、もちろん私のお願い聞いてくれるわよねぇ」

「はぁ?」酔って聴きたいなどと言ってしまったことを後悔する。恐ろしい女である。

「嫌とは言わせないわよ」

「分かったよ。僕にできることがあれば、何でも言ってくれよ」

「此処から出しなさいよ」

「えっ、どういうこと?」

「此処から出せばいいのよ」

「出せばいいって言ったって」

「私、そっちに行きたいのよ」

「この薄暗くて汚い豊田の部屋にかい?」

「その外に出たいのよ」

「外には出たことあるの?」

「ないわよ」

「豊田が言ってたのかい?」

「いいえ」

「この前、あんたが初めて入って来た時よ。凄く眩しい光が入って来たの。そして私は絶対にそっちに行くんだって決めたの」

「じゃあ、何でまた？」

「でも助けるったってどうやって？」

「分からないわよ、何とかして私を此処から出しなさいよ」

非常に困った。此処から出せと言われても、何をどうすれば良いのかまったく分からないし、勝手に歌いやがって後で要求を聞けなどとは悪質な詐欺である。ボッタクリである。そういうことなら豊田に言うべきである。もしかしてこの女は豊田に捕われているのであろうか。仮に助けることができても女が此処に来るなんて考えただけで恐ろしい。必ず僕に被害が発生するのは目に見えている。このままこの中に収まっているのが一番良かろう。此処は助ける素振りに紛れて電源を切って逃げよう。この質の悪い女に関わっていては、ろくなことにならん。早いとこおさらばするのだ。

そうして僕はさも助けているよと見せかけて、キーボードのあらゆるボタンを叩いた。映画などで登場人物がハッキングを行う際に、もの凄いスピードでキーボードをタイプしている緊迫したシーンを目にしたことがあるが、あんなイメージである。ちょっとアレンジを加えキーボードそのものを振ったり回したりする。
するると驚いたことにモニターの映像は歪み始める。壊れないかどうかと心配になった
が、さらにガチャガチャとキーボードを叩いた。
そして、今だ！　と電源コードを手にした瞬間、後頭部に激痛が走った。
ゴンッと鈍い音が聞こえ、真っ暗になった目の前に稲妻が走った。
それが未来の新幹線だとはこの時知る由もなかった。

7

気が付くと僕は赤いベッドに寝ていた。頭が割れそうだ。何か鉄板のようなもので殴られたみたいだ。

「ちっきしょう。誰だ。痛ってってってって」

「大丈夫？」と、キャンディが氷を持って来て僕の頭に当てた。

キャンディの部屋の中に入ってしまったようだ。

「ごめん。君を助け出すはずだったけど……」

「貴方が来てくれて嬉しいわ」

「おいおい、そんなこと言ってたら豊田に怒られるぞ」

「いいのよ」と色目を使うキャンディに身の危険を感じる。

何とかして此処から抜け出さねばと身を起こすが、頭に激痛が走り、立ち上がることすらできない。

「駄目よ。安静にしてなさい」そう言ってキャンディは僕をベッドにゆっくりと倒した。されるがままに僕はキャンディの腕枕の中で寝かされる。間近で見ると厚化粧で塗りたくられた顔はさらに強烈であった。

するとは何を血迷ったか、キャンディは僕のシャツのボタンを外し、胸の辺りをいやらしい手つきで撫で始めた。

これはいかん、犯される。いくら女との戯れが疎遠になっているといえど、こんな醜女と寝る訳があるか。何とかこの状況を抜け出さねばいかん。

「あっそうだ！　さっき眩しい光が部屋に入って来たって言ってたよねぇ。それは太陽って言うんだよ」気を逸らさせようと、咄嗟に思い付いたのがこれであった。

「たいよう？」キャンディの指の動きが止まる。意外にも効果あり。

「そう、たいよう。空から太陽が光を照らしてるから明るいんだ」

「へぇ」

「太陽は朝昇り、夜沈むんだ」

「沈んじゃうの？」

「うん、すると空は暗くなって夜になるんだ。そのかわりに月と星が出て来て、そっと世界を照らすんだ」

「素敵ね」

「素敵かなぁ」

「沢山の人がいるんでしょ」

「いるよ」

「みんな何してんのよ?」

「みんな何してるんだろうな。遊んだり仕事したりかな」

「貴方は何の仕事してたの?」

「無職」

「駄目じゃない」

「うん。向こうに帰ったら探すよ」

「私、何しようかしら」

「キャンディは歌手だな」

「あら、やっぱり?」

「そうだ、知り合いにレコード会社やってる人がいるから頼んでみるよ」

「へぇー」

「こぐまちゃんレコードって言うんだけどね」

「あら、可愛い。楽しみだわ。私、向こうの世界に行って、ショッピングしたりして貴方といろんな所を歩きたいわ」

「そうだね」

そうして長々と話しているとだんだんキャンディの目は白目を剥いてきて、こくりこくりと船を漕ぎ始めた。このチャンスにさらに話し続けていると、ようやく鼾《いびき》をかき始め、やっと眠らせることに成功した。

何とか窮地は抜けた。しかし此処から出なければ本当の窮地を抜けたことにはならない。鼾が止んだかと思うと、今度は歯ぎしりが始まった。

骨を砕き割るような歯ぎしりが僕の脳を破壊した。

目を覚ますと、此処が何処だか分からなかった。隣で涎を垂らし、横たわる肉塊。そうだ。思い出した。思い出した。一刻も早く女が起きるより前に抜け出さねばならん。ゆっくりと体を起こし、ベッドからそっと抜け出した。

幾分か頭痛は和らいでいた。ドアを開けようとノブを回すが、ぴくりとも動かない。押しても引いても駄目だ。体当たりしても駄目である。

「はあーあ」背後で聞こえる声に恐る恐る振り返ると、キャンディが目を覚まし、ボリボリと尻を掻いていた。

窓には豊田の部屋が見える。窓に手をかけるがこれまた開かない。

とよ丸フレームイン。

とよ丸は僕に気付くと近寄って来た。さっきまで隣にいた人間がこんな中に入ったことに驚いた様子である。窓いっぱいに映る猫の顔は恐ろしい。とよ丸は僕を捕まえようと手を伸ばしてきた。

すると窓は水面のように波紋を広げ、とよ丸の手はこっちの部屋に入って来た。

僕はとよ丸の手に押し潰されそうになり、部屋の隅へと逃げた。剝き出された爪に串刺しにされてしまう。とよ丸は必死に手を伸ばして来るが、しばらくして飽きたのか、ソファーに戻った。

何故とよ丸の手はこっちの部屋に入るんだろうか？　何故だか分からぬが、とよ丸は通ることができるようだ。

「よし！　キャンディ、とよ丸の手が入ってる時に向こうの世界に飛び出そう。僕がとよ丸の気を引くから、その隙にキャンディは窓の向こうへ行くんだ。そしてその後、とよ丸を使って僕を出してくれ。いいね」

しかしこの女はまるっきり出る様子もなく、「ふんっ」と僕の発言を鼻で笑い、呑気にも煙草を吸い始めた。なんて女なんだ。己が抜け出したいと言ったくせに、まったく協力しようとしない。

仕方なく、僕は窓際に立って踊った。ところが、先程は必死に僕を捕まえようとしていたのに、今度はまったくの無反応。

「とよ丸」と、声を出して呼んでみるが、とよ丸はこっちを向かない。飼い猫も飼い主に似てやがる。

それでは窓の所に餌を置いてみてはどうだろうと思い、キャンディに何か餌になるものを持って来てくれと頼むのだが、「ちっ」と舌打ちをし、またしてもキャンディは何で私がと言わんばかりに顔を背ける始末である。

こうなれば僕一人で抜け出てやると、台所に行き冷蔵庫を開けるが、バナナが一本入っているだけで、それ以外には何もない。この女が全部平らげたのであろう。猫がバナナを食べているところを見たことがないが、意外にも好物だったなんてあり得るかもしれんと、とりあえず窓際に置いてみる。

しかしやはりとよ丸はバナナには興味を示さない。うーん困った。これでは向こうの世界に出ることができなくなってしまうではないか。できなければこの部屋で、一生キャンディと暮らさなければならない。何か打開策をとらねば、また何時発情しだすか分かったもんではない。

問題は何だ。

とよ丸がバナナに興味を示さないからだ。

しかしバナナ以外の食べ物はこの部屋にはない。

やはりバナナでいくしか道は残されていないと試行錯誤。またも閃いた僕は、キャンディに絵の具はないかと聞くと、水彩絵の具があると言うのでそれを頂戴し、その水彩絵の具でバナナの皮に着色した。

其処で僕は考える。

ただ単に着色しただけではいけない。

とよ丸が飛びつくような色彩にしなければならないのだ。

僕はバナナに鼠の絵を描いた。

そもそも僕は絵を描くのがわりと得意である。

まるで今にも動き出しそうな鼠はなかなかの傑作だ。

窓際に置く。とよ丸は起き上がる。来い。カモン。

とよ丸フレームアウト。

どうしてだ。この描写力をもってして、何故にとよ丸は飛びつかないんだ。猫には美術は分からぬのか。いやいや美術ではない、ただ単に鼠に思わせればいいのである。待てよ、そもそも猫には鼠がどのように見えるんだ。人間がこのバナナを見たら誰もが鼠と言うであろう。

「あんた、下手くそね」キャンディは言った。ちきしょうめが、己は何もしようとしないくせに口だけはえらく達者である。そんな声に誰が耳を貸すもんか。

そうだ！　動かないからではなかろうか。

釣りにしても、動く餌と動かぬ餌では雲泥万里。

今度は鼠の色のバナナに糸を括りつけ、生きているように動かした。

ほーれほれほれ。

さあ、喰いつきやがれと巧みに糸を操るも、とよ丸はなかなか戻って来ない。とは言っても釣りには辛抱がいるもんで、すぐに釣れるもんではない。僕は投げては引っ張り投げては引っ張りと、何度も何度も繰り返す。以前友人達に連れられてバス釣りに行ったことがあるが、友人達は経験と知識と立派な竿をもってしても一匹も釣れなかったのに対し、僕は初めてにもかかわらず使い古しの釣り竿で何匹も釣り上げるといった実績を残したのである。

しばらくすると、とよ丸が戻って来た。僕はやる気を取り戻し、さも生きているかのように餌を巧みに動かした。

ところが成果は上がらず、バナナは幾度もの衝撃に耐えかね、皮はずるずるに捲《めく》れ、至る所が黒ずんでしまい、とうとう使いものにならなくなってしまった。その姿はもはや鼠ではなく新種の生き物である。もう餌は何もない。絶望的だ。だが諦めるわけにはいかない。僕は黒ずんだバナナを食べて考えた。

そうだ！　僕が餌になってはどうだろうか。鼠の衣装を着て鼠になろう。であるがもちろん鼠の衣装なんかあろうはずがない。此処はキャンディに作らせよう。この女も一応は女であるから、服の一着ぐらいは作れるであろう。しかし何一つ協力しないこの女が作るとは思えない。今まで女だからって優しくしていたためにつけ上がったのだ。よし！　此処はちょっと言ってやるか。

「やい！　この雌豚！　人が優しくしてりゃーつけ上がりやがって、女だからって容赦はしねーぞ。今からお前は鼠の衣装を作るんだ。何でだだとー、この野郎ー、ぶくぶく太りやがって、その垂れ下がる肉を削って鼠の衣装を作るんだ。つべこべ言わずに作るんだ。いいな。寝る暇なんかあるか。意見などするな。働け、働け、働けーい。分かったらもたもたしねぇでやりやがれ！」

僕が大声で怒鳴り散らすと、キャンディは崩れるようにベッドに俯《うつぶ》せた。どうやら傷付けてしまったようだ。この見てくれでも、やはりか弱い女の部分を持ち合わせていたか。

僕もちょっとばかり言い過ぎたと反省し、謝ろうと側に寄ると刹那《せつな》、強烈な爆裂音。屁ーこきやがった。尻上げて屁ーこきやがった。屁でもねえーってか。ちっきしょー。憤慨し、殺してやろうと近付くと、怒りのあまり興奮し膨らんだ鼻の穴から、思いっ切り悪臭を吸い込んでしまい、膝からがくりと落ちた。戦意喪失。記憶飛ぶ。

結局自分で鼠の衣装を作り始め、その間、鼠の鳴き声や動きをイメージした。しかしこの女への怒りが込み上げ、仕事の邪魔をする。いいんだ。今はこの仕事に集中するんだ。

僕は自分に言い聞かせた。間違いはないはずだ。情報の伝達に姿、声、動き、この三つが揃えば完璧である。

そうこうしているうちに遂に衣装が出来上がり、僕は窓際に立った。

私は鼠のチュータです。
決して人間ではありません。
チュウ　チュウ　チュウ
チュウ　チュウ　チュウ
さあさあ、猫さん猫さん、召し上がれ
チュウ　チュウ　チュウ
チュウ　チュウ　チュウ
さあさあ、猫さん猫さん、召し上がれ
チュウ　チュウ　チュウ
チュウ　チュウ　チュウ
さあさあ、猫さん猫さん、召し上がれ

とよ丸は僕を見ているが、体を動かさない。ちきしょう、この猫ごときが、こんなに美味しそうな俺が喰えねぇってのか。ぶくぶく太りやがって、普段、何喰ってんだこの野郎。キャンディはげらげらと膨れた腹を叩いて笑っている。走り回り疲れ果てた僕は休憩をし、もう一度問題点を考えた。

衣装のクオリティが低いためか。僕のパフォーマンスが悪いのか。やはり本物の鼠とのギャップが失敗の原因だろう。

ならば問題を解決するにはそのギャップの幅を縮めれば良いのであり、もっと本物の鼠のようになれば良いのである。

しかし、より本物の鼠になろうとするのに今の僕ではあまりにもお粗末すぎる。やはり嘘は見破られるので、何事も熟練させなければ話にならないのである。

猫は何が好きなんだ。

そうだ！　ミルクである。

キャンディの乳だ。

よく見ると垂れ下がってはいるものの、なかなか大きな乳である。このでかさだと、かなりのミルクが出るであろう。ミルクならとよ丸も飛びつくはずだ。ミルク。赤子の時に飲んだであろうミルク。うん、実に響きがいいよ。ミルク。僕はミルクという語をスピーディーにキレよく何度も発音した。ミルク。僕は台所に行き、受け皿を持って来る。ミルク。ミルク。

「何よ、それ」
「お皿だよ」
「そんなの見れば分かるわよ」
「へへへ、とよ丸にミルクをあげるんだよ」
「それと皿が何の関係があんのよ」
「ふふふ、これに注ぐんだよ」
「何をよ」
「だからミルクだよ」
「何処にミルクなんかあるのよ」
「お前のその乳だよ」
「何言ってんのよ、出る訳ないでしょ」

「出ねぇのかよ！」

「あんた馬鹿言ってんじゃないわよ」

「じゃあ、その垂れ下がるでかい乳は無意味にでかいだけなのか」

「うるさいわねぇ」

「否、嘘だと言ってくれよ。出るんだろ。どうしても必要なんだよ。分かってくれよ。なんなら絞ってやるからさ」

「やめてよ、この変態！」

しつこくキャンディに言い寄るのだが、なかなか乳を出しやがらぬ。こいつはこの状況を分かっているのか？　豊田に飼われた家畜のくせしやがって。低能めが。ちくしょう。受け皿を持ったまま、もはやまたも道は閉ざされたのであった。汗だくであった。濡れていた。濡れ鼠であった。それから自分の中で血の気が引いて行くのを感じた。もうすべてが終わったと思われた次の瞬間、それは怒りとなり、津波のように押し寄せ、僕の内部から噴射した。

気付けば、あろうことか僕は受け皿でキャンディをめった打ちにしていたのである。息を切らし手を止めた時には、目の前に頭から血を流し横たわるキャンディがいた。そして僕は我に返り、自分の行動を信じられずにいたのであるが、尚も此処より出たい一心で、キャンディの下着を剥ぎ取り、垂れ下がる乳を摑み、絞っていた。

しばし乳を絞っているが、ミルクは一向に出る気配がない。しかし諦めるわけにはいかないと乳を絞っていると、僕の下半身はむらむらとこの雌豚に欲情していた。こんな醜女に興奮する己に少しは躊躇《ためら》ったが、キャンディのパンツをずりおろし、むらむらの肉棒を雌豚の穴へ挿入し、腰を激しく動かし、しばらくして噴射した。花瓶の花、床に落ちた黒ずんだバナナの皮、僕の下半部、僕、すべてが萎《しお》れていた。

そして放心状態であった。


「うふッふッふッふ、はっはっはっはっは、こりゃあいいや」笑い声がする。

僕は周章ててキャンディに布団を被せた。

「何でまた鼠の格好なんぞしてるんだ」

豊田だ。豊田が帰って来た。どうやら気付かれてはいないようである。

「やった助かった。やっと帰って来たか。待ってたぞ」僕は動揺を隠そうと必死に喋った。

「うふッふッふッふッふ。鼠が喋りおったぞ。うふッうふッうふッふッふ」

「何言ってんだ。豊田早く此処から出してくれ」

「何寝ぼけたことを言ってるんじゃ」豊田はソファーに座り、足を組み、とよ丸を膝の上で撫で始めた。

「お前の方こそ何言ってるんだよ。早く此処から出してくれ」

「いやじゃ、これがわしの楽しみなんじゃよ」

「馬鹿野郎！　何ぬかしやがんだ。早く出せ！」

「いやじゃ」

「キャンディ、お前も此処から出たいなら何とか言ったらどうだ」と喋るはずのないキャンディに言う。

「豊田、お前もくだらねえ喧嘩は止めて仲直りしろよ」

豊田は耳を貸さぬ。

「ひっひっひ　少々、頭を強く打ったかな。ひっひっひっひっひ」

「何？　ひょっとして、俺の頭を殴ったのはお前か！」

「ひっひっひっ、だったらどうだと言うんだい。チュータくん。ひっひっひっひっひ」

僕は硬直した。

すべて、一部始終見られていたのである。

僕は虫籠の中の虫けらのようであった。

「なかなか面白い交尾だったよ」豊田は冷淡に言った。

そして豊田の視線は僕の後方の、布団を被せたキャンディに向けられた。振り返ると布団に鮮血が染みていた。

「いや……これは……」僕に返す言葉はなかった。

「はぁ……困った奴だ……」と言い、豊田はぶつぶつと呪文のようなものを唱え始めた。

すると部屋は突然歪み始めた。そして瞬く間に部屋はボロボロと崩れ、僕達は暗闇の中へ投げ出された。キャンディはその体格のせいか暗闇の底へと落ちて行った。というより離れたと言った方が正しく、僕自身も落ちているのか浮いているのか分からなかった。そのうち暗闇は僕の目の先で収縮して消えて行き、僕は辺りの景色を認識することができた。

其処は荒れ果てた大地だった。

8

真っ黒い枯れ木がぽつりぽつりと立っている。干涸びて、ひび割れた地盤。砂嵐が襲う。

「うひゃっひゃひゃひゃひゃっっっ。どうだい満潮くん」

何処からか豊田の声が響き渡る。

「何しやがんだ。この野郎」

「それはこっちの台詞だ。人の女に手出しやがって」

「何言ってんだ変態野郎！　見てやがったくせに」

「うるさい黙れ！」

「キャンディは何処に行ったんだ？」

「さあね、その世界の何処かにいるはずさ。君がその世界から出してあげるんだろ。うふっふっふっふっふっ」

「こんなことをして楽しいか？」

「楽しいからやってるんだよ。さあ満潮くん、ニューゲームだ。君がその世界をクリアすれば、ちゃんと元の世界に戻れるから頑張り給え。そのかわりゲームオーバーもあるから気を付けるんだぞ」

「そんなつまらんこと誰がやるか！　早く出せ！」

「満潮くん、君が行動しなければ一生そのまま出ることができないんだよ。他にもお前みたいにエントリーされた奴らがいるだろうから大丈夫だ」

「何が大丈夫だ！」

「さあ満潮くん、そろそろゲームの始まりじゃ。わしは楽しく見物させてもらうぞ。じゃあな。自分の犯した罪を償うんだ」と豊田の声は吹き抜ける砂嵐に掻き消されていった。

まともに目も開けられない。辺りを見渡すが何も無い。突っ立っていても仕方がないので体の向いている方に歩くことにした。

　ひたすら歩いた。

　キャンディは死んだのではないだろうか。そうであれば僕は人殺しである。なんてことをしてしまったんだ。自分でもどうしたらいいのか分からず、ただぶつぶつと言いながら歩いた。

しばらく歩くと幸運にも一軒のおんぼろ小屋があった。幸運であることを祈りながらドアをノック。

「ごめん下され」

少ししてゆっくりとドアが開く。目つきの悪い男が顔を出す。ぼさぼさの長い黒髪、こけた頬肉に、無精髭。その男は細い目をさらに細めて、僕を頭のてっぺんからつま先まで見ると、辺りを用心深く見渡し、何も言わず中へと入って行った。僕は砂埃を払い、部屋に入った。

「いやー助かりましたよ」

「何時来たんだ？」男は言った。

「ついさっきですよ。豊田という奴の仕業でね、何でもこれはゲームだからクリアしろだのエントリーだのって、とんでもねぇ話だよ。まったくもう。ところで君は？」

「俺も昨日来たばかりなんだ」

「あっそうなんだ。でも何でまたこんな所に？」

「ちょっとばかし借金が膨らんじまって」

「借金？」

「ああ」

「何で借金なんかが関係あんだい」

「知らないのか。クリアすると莫大な金が入るんだよ」

「えっ、金！」

「そう、金」

「豊田にか？」

「ああ、お前がクリアすればな」

「ちっきしょう！　そういうことだったのか。人を駒みてぇに扱いやがって。あの野郎帰ったらただじゃおかねえぞ！」

「はっはは、それには此処から出なきゃな」

「それよりこんな所で何してんの？」

「いや別に、誰か来ないかなと思って」

「ふーん。あっ俺、満潮。君は？」

「俺は増尾。よろしく」

「よし！　じゃあ一緒に此処から抜け出そうぜ」僕と増尾は固い握手を交わした。

「そもそもクリアってどんなのなんだ？」

「さあな」

「たとえば、世界を支配しようと企てる悪魔を倒し、世界に平和をもたらせるとか、王女様を助けるとか、いろいろとあるだろう」

「はっはは、お前面白いな。ゲームのやり過ぎだよ」

「しかし俺達以外、誰も見当たらないな」

「確か、この先に街があったような気がするんだよな」

「本当か？　でもお前も昨日来たばかりだろ。何で分かるんだよ」

「いや、なんとなくだけど、そんな気がするよ」

「よし！　分かった。明日その方角へ行こう」

「ああ、そうだな」

そうして僕らは明日に備えて寝ることにした。

なかなか眠れなかった。増尾という男、最初は何をしでかすか分からぬ怖さといんちき臭い怪しさがあったが、話してみるとなかなかいい奴である。キャンディのことが気になる。死んだのではなかろうかという不安ばかりがちらちらと頭を過《よぎ》ってやまない。

何時しか風が窓を揺らす音は消え、静まりかえった中、増尾の鼾が聞こえてきた。


増尾は起きていた。眠たい目を擦りながらおんぼろ小屋を出ると、昨日とは変わって外は眩《まばゆ》く晴れ渡っていた。地面はひび割れており、灼熱の太陽が照りつけ、じりじりと身を焦がす。そして増尾の直感を信じて歩き始めた。

小屋を出てからかなりの距離を歩いたと思うのだが、景色が一向に変わらぬため、進んでいるように思えぬ。喉はからからで今にも倒れそうだ。

すると目の前に泉が見えた。これはまさしく神のお恵みであると走り寄るが、その水はどす黒くぎらぎらしていて、到底飲めるようなものではなかった。

「こんなの飲んだら一発でゲームオーバーだな」増尾はそう言うとまた歩き始めた。

飲んであの世に行った方がまだましかもしれん。死ねば罪も消えるであろうと、まるで焦げ付いたエンジンオイルのような真っ黒い水を未練がましく眺めながらも、とぼとぼと歩き出す。

しばらく歩くと地面にくねくねとした黒い物体あり。蛇かと思い驚いたが、それは木の枝で、手に取って見るとなかなか頑丈であるので、杖として使ってみると、これがなかなか快適であった。そして杖に凭れ掛かりながらも歩く。ひたすら歩く。生き地獄。しかし行けども行けども街は見えてこない。このまま干涸びて死んでしまうんではないだろうか。
今度は朦朧とする意識の中、陽炎に揺れる草や木々が見えてきた。

グリーングリーン～
青空には～小鳥が歌い～
グリーングリーン～
丘の上には～ららら緑が揺れ～る～

歌ってみた。
そのグリーングリーンの上を羊達が歩いている。
そろそろ幻覚が見え始めたようだ。

グリーングリーン頭の中が回っている。

「羊が一匹、羊が二匹、羊が三匹………」増尾が呟いた。

「えっ！　お前もグリーングリーンが見えるのか」

どうやら幻覚ではないようだ。犬がやって来て、羊達を追いかけている。その後に続いて羊飼いもやって来た。羊飼いは僕らの方をちらりと見ると、木陰に腰を下ろし本を読み始めた。僕らは羊飼いの所へ行った。彼は欧米人だった。

「街は後どれくらいですか？」と聞くと羊飼いは黙って指を差した。

なんとその指先には大きな川や田園、そして建物が立ち並ぶ街が一望できた。僕と増尾は抱き合って喜び、その場に寝転がった。羊飼いはそんな僕らを見て察したのか、水筒を出し「どうぞ」と慣れぬ日本語で水をくれた。リチャード。

リチャードは僕らに家へ来いと言うと、犬に口笛で合図をし、羊達を連れて歩き出した。家は街から離れた所にぽつりと建っていた。

中へ入るとリチャードの妻が夕食の準備をしているところで、部屋中にいい匂いが漂っていた。リチャードは台所へ行き、妻に僕らを紹介した。とても綺麗な日本人女性である。テーブルに座りしばらくするとスープが運ばれてきた。リチャードは嬉しそうに葡萄酒を持って来た。そして楽しく食卓を囲んだ。

二人は駆け落ちしてこの世界に来たらしく、照れながらも出会った時の話などをしてくれた。二人の笑顔は羨ましいほど幸せに満ちていた。僕はこれを求めているのではないのか？　ふと脳裏に浮かんだ。リチャードは羊小屋の隣にある空き部屋をずっと使っていいと言った。

いい感じに酔いが回り、離れの空き部屋に行くのに外に出ると、夜空に幾つもの星が広がっていた。こんな綺麗な星空を見たのは久しぶりだと、増尾と僕は立ち小便をしながら眺めていた。

次の日から僕らはお礼にと羊の世話の手伝いをした。羊に餌を喰わせたり羊小屋の掃除をしたり、せっせと働く。

ある日、リチャードは狩りに行くと言うのでついて行った。リチャードは猟銃の使い方を教えてくれたが、僕の余りのへっぴり腰に笑った。

そんな楽しい日々も幾日か過ぎ、僕らはリチャードと別れを告げて街へと向かった。


街には石造りの建物が立ち並んでいる。

まっすぐ延びる大通りでは、大勢の人々が行き交い、至る所で商売が盛んに行われている。魚屋、酒屋、薬屋、肉屋、果物屋、呉服屋、鍛冶屋、飯屋、パン屋、油屋、靴屋、質屋などなど。路上では芝居が行われており、人だかりができている。他にも手品師や芸人が芸を披露し、路上は賑わっている。僕らは大通りを抜けて広場に出た。

どうやら此処が街の中央のようだ。

「こんなに人がいるなんて思わなかったな」

「ああ、それより満潮、あれ見てみろよ」と増尾が指差した方に巨大な宮殿の屋根が見える。

「何だありゃー」

「誰が暮らしてんだろうな」

「ちくしょう。俺もあんな所で裕福な暮らしをしてみたいもんだぜ」

「俺達も何かして稼がねぇとな」

「仕事なんか無いだろう」

「どうするよ」

「自分達で何か始めるか」

「そうだな。ところで何やるんだよ」

「これから考えるんだよ」

何をするとも決まらぬが、僕は以前からこういうものを求めていたのだ。

「そうだ、満潮、お前予言者になれ」と、増尾は突拍子もないことを言う。

「へっ、お前それ何か違くないか?」

「馬鹿、いいんだよ。絶対儲かる。うん、よし、決まりだ」

「馬鹿言うな。何の根拠があってそんなこと言ってんだ」

「お前があの小屋に来た時、救世主が来たと思ったよ」

「何が救世主だよ。そんなことある訳ねぇだろ。適当なこと言うな」

「いやいや、俺には見えたんだよ。俺を信じろよ。間違いはない」

「信じられる訳ねぇだろ」

「杖を持ってるところなんかは、さらにそれっぽくなったよ。予言者だよ。救世主だよ」

「お前頭おかしくなったんじゃねぇのか」

「大丈夫だ。任せろよ」

「何が大丈夫なんだよ。そういえば、お前此処に来たのは借金だろ」

「うるせぇ」

「また借金膨らむぞ」

「まぁ聞けよ。いいか満潮、此処にいる奴らは答えを探してるんだ。それが知りたいんだよ。分かるか。だからお前がその答えを出してやるんだ」

「阿呆言え、予言なんてできるかよ」

「馬鹿、そんなの適当でいいんだよ。よく町にいるだろ。あれだよ」

「ばれたらどうするんだ」

「ばれる訳はないだろ、だって分かるのはお前だけなんだから。よし、もう早速やるぞ。お前は予言者ミチシーオだ」

「お前それ発音が違うだけじゃねぇか」

「何でもいいんだよ」

「ところでお前は何やるんだよ?」

「俺は予言者ミチシーオ様の付き人だよ」

そうして僕は増尾に上手く丸め込まれたような感じで、今後予言者ミチシーオと名乗り、付き人の増尾と共に、人々を良き道へと導くと偽った金儲けをすることとなった。

始めるに当たって金がかからないというのが良いが、やはり衣服や備品は必要であろうと街を探索し、それらしい服が置いてある店に入った。男の店員が一人、ちらりと僕らを見るが、金を持ってないと察したのか「チッ」と舌打をすると接客をするでもなくまた雑誌に目をやった。

「これなんかどうだ？」と増尾が司教のような服を手にする。

「いいんじゃねぇか」

「じゃあ、色は何色にしよう？」

「やっぱり高級感がないと駄目なんじゃねぇのか」

「黒なんてどうだ」

「なんか邪悪な感じがしないか」

「白はどうだ」

「汚れが目立つだろ」

「じゃあ、この紫色のなんかどうだ」

「おっ、神秘的」

「おいおい、帽子なんかもあるぞ」といろいろ話していると、先程無愛想だった店員がにこにこと寄って来る。

「いらっしゃいませ。何かお探しですか?」

「いやー、この辺の服で何か良いのはないかなぁと思ってですね」

「さすが、お目が高い。此処に並んでいるのは皆一流品でございます」

「なるほど」

「お仕事で着られるんですか?」

「ええ、まぁ」

「そうですか、ご職業は何なされてるんですか?」

「予言者です」

「予言者???」

「なかなか珍しい職業ですね。景気は良いんですか」

「ええ」

「景気悪いねぇ」

「これらの品は一流品なんでお値段は少々はるんですが、御予算はいかほどですか?」

「それが無一文なんです」

「…………」

今までにこやかな笑顔であった店員の顔は一気に豹変。

「ふざけんじゃねぇぞ。こっちとら遊びでやってんじゃねぇんだ。汚ねぇ手で触んじゃねぇ。分かったら帰れ」

二度と来るなと店を追い出され、店員は怒鳴り散らしながら店の奥から塩を持って来て、僕らに撒き散らした。

買いたい気持ちはやまやまであるが、二人して無一文。付け加えて宿無し。衣服や備品も必要だが、それよりも腹が減ってしょうがない。どうにかして先立つものを手に入れなければと思うものの、何の手立ても無く、ただ街をぶらぶらと歩き回る。そして休憩。増尾が何気なく目をやった腕に腕時計。

「腕時計じゃねぇか」

「見りゃあ分かるだろう」

「お前それ売れよ」

「馬鹿言うな、これは売れねぇよ」

「儲けたらまた買い戻せばいいんだよ」

増尾しぶしぶ質屋へ行く。腕時計を珍しそうに眺める質屋の主人。紙幣をくれる。建築物が描かれてある紙幣。これが幾らでどれほどの物が買えるのか分からぬが、どうやら無一文ではなくなった。

早速飯屋に入り豚肉のスープとパンを喰らい空腹を満たす。

「俺の大事な思い出の時計が豚肉のスープになっちまったよ」と増尾はスープをじっくりと味わいながら啜った。

先の質屋でもらった紙幣を出し、釣り銭を貰う。錆びた鉄屑の貨幣。星の形をしている物や、まわりがぎざぎざの物、三角で真ん中に穴の空いている物などとさまざまな形をしている。何とも邪魔で、其処いらへ捨てたいもんだが、金であるからしょうがなく無理矢理ポケットに入れる。

腹も膨れてさらに街を探索しようと通りを歩いていると、目の前の店から男が「あぁぁぁぁぁぁぁぁ」と大股を開いて転がり出て来た。続いて二、三人の男が出て来ては「いい加減にしやがれ」と、その男をたこ殴り。訳は分からぬが一方的にやられているので助けた。

「ありがとうございます」と酒臭い男の名はとん平。赤っ鼻で目や頬は腫れ上がり情けない顔しているが、何処か可愛気を感じる男である。

店は酒飲み屋で、中では賭博が行われており、どうやら其処で起きた金銭の問題らしい。カウンターには二、三人の娼婦がいる。賭博で儲けた男を客にしているようだ。

賭博を拝見すると、賽《さい》を振り、半か丁かを当てればいいようなので、とん平が負けた分も取り返してやると、僕らも意気揚々と賭博に参戦する。

そしてあっと言う間に、またしても無一文。とん平が助けてくれた礼に家へ招待してくれるという。

家は通りに面した仕立て屋だった。幼い頃、父と一緒にこの世界に来たらしい。しかしその父が亡くなり、とん平は天涯孤独の身となってしまった。そして仕立て屋をそのまま受け継いだものの、今日のような賭博や酒に溺れる始末である。とん平は一升瓶を持って来た。三人茶の間で酒を酌み交わす。

「ところで、お前ら一体何者なんだ?」とん平。

「このお方は予言者ミチシーオ様だぞ」酒に酔った増尾は大きな身ぶりで話す。

「なんだそりゃあ、はははは」

「これから人々を良き道に導くんだよ」

「ところで、お前服とか作れねぇのか？」

「作れるよ」とん平は投げ遣りな口ぶりで答える。

「じゃあ何故作んねぇんだ。親父さんが浮かばれねぇぞ」

「ちょっと俺達の衣装作ってくれよ」増尾はべたべたと、とん平に近寄る。

「なあ頼むよ。助けたじゃねぇか」二人してせっつく。

「わあった、わあった。どんなのを作りゃあいいんだ」とん平うざったそうに了解す。

「こう、何ちゅうか、神秘的なやつだよ」と、手ぶり身ぶりでイメージを伝えた。

それから稼ぎが出るまでということで、とん平の家に世話になり、裏のあばら屋で予言者ミチシーオの営みを始めることとなった。あばら屋へは仕立て屋と隣の金物屋の間の細い通路を通ることとなる。その壁と壁に挟まれた通路が入り口となるわけである。入り口が狭いのは難点だが、店を持てただけでも大きな進歩である。

あくる日、とん平は出来上がった服を持って来る。赤や緑や青の穴の空いた一枚の布切れである。

「これの何処が衣装なんだ」と布切れを扱っていると「其処から顔と手を出すんだよ」と

当たり前のようにとん平は言うので、着てはみたが非常に動きづらい。散髪屋で被せられるあれのようである。

「烏賊みてぇじゃねぇか」

「これだから素人は困るよ」呆れるとん平。

「これの何処が良いんだよ」

「馬鹿野郎。これが良いんだよ。ニューファッションなんだよ」

「やるじゃねぇか、とん平。はははは」増尾はこの風貌に笑っている。

「こんなの着れるかよ」脱ごうとすると、増尾が止める。

「まあまあ満潮。斬新でいーじゃねぇかよ。このくらいのを着なきゃ駄目なんだよ」増尾は笑いを堪えながら言った。ちくしょう、自分が着るんではないと思って無責任である。まあいいか、居候の身であるのにあまり文句を言っていると何言い出すか分からねぇ。此処は我慢することにしよう。

「増尾の分もあるぞ」と、とん平はもう一着出した。増尾の顔が引きつっている。ぴったりとしたタイツに、太ももくらいまでの短いマントである。フィットしたタイツは増尾の下半身をくっきりと浮き上がらせている。

「似合ってるよ」今度は僕が笑って言ってやった。

「セクシーだろ。女達もいちころだよ。ひひひひ」とん平は大満足の様子。

「これはちょっと……」増尾は困った表情で股間を見る。

とりあえず衣装は良しとし、後は備品であると、物置きからちゃぶ台と銀色の皿を引っ張り出して来た。皿に水を入れ、ちゃぶ台の上に置いた。座蒲団を敷く。これでとりあえず準備は整った。

こうして予言者ミチシーオの営みは始まったのである。

9

「いいか満潮、お前にはこの皿の水面に、これから来る人達の未来が見えるんだ。それも良い未来だ。真実の皿だ。いいな」

「ところで客はどうするんだ」

「俺が営業に行くんだよ。お前は待ってろ」そう言って増尾は街に出て行った。

僕はとりあえず待つことにした。かなりの時間が経つが、増尾はなかなか客を連れて来ない。退屈でしょうがない。僕は客が来た時に困らぬよう練習をしてみることにした。両足を広げ、天に両手を掲げてみたり、杖を振り回したりしてみたが、やっていて自分で笑ってしまいそうである。どんなのが良いのか考えるものの、思い付かないのでやめた。

しばらくすると増尾が戻って来た。続いて薄ら地膚の見える頭をした三、四十歳くらいの男が増尾の後に入って来る。本当に客を連れて来やがった。エプロンをしているところからして飲食店で働いているのだろう。

「ミチシーオ先生。予言を受けたいと申す者です」増尾は言った。

「えっ、あっ、ごほん。お座りなさい」僕も何とかそれらしく言った。

男はおどおどとしながら手前に座った。まあ、こんな怪しい所に連れて来られたのだから無理もない。そして不安そうに辺りを見渡し、口を開く。

「あのー、向こうにいる妻と子供のことが心配で心配で、仕事が手につきません。二人は無事なのかどうか教えて下さい」

僕は偉そうに頷いて、皿に手を翳《かざ》し、三回ばかりゆっくりと回した。

そして目を閉じ、何を言うか考えた。

うーむ。

「見えます。妻はテレクラで…………いやいや、妻も子供も元気です」

「本当ですか？」

「本当ですとも、貴方のことを信じて待っています。子供なんか逞しく育ってます」

「ありがとうございます」男は安堵の表情に顔が緩む。

「どうすれば向こうに帰ることができますか？」

「貴方は今の仕事に専念し、要らぬ心配をせず時が来るのを待ちなさい。そうすればまた一緒に暮らせるでしょう」

男は深く頭を下げ、増尾に紙幣を渡し、スキップしながら帰って行った。あまりの呆気無い事の運びに、こんなもので良いものかと驚いた。

「本当に連れて来るなんて思わなかったぜ。何て言ったんだ」

「半分脅したみたいなもんだ。ははは」

「そんなことだろうと思ったぜ」

「でも嬉しそうに帰って行ったじゃねぇか」

「そうだな」

「お前なかなかのもんだったよ」

「いやーお前こそ」

「いひひひひひひひ」

「いひひひひひひひ」

こうして幸先よく始まった。

今日はまだ誰一人として客が来て居ない。増尾は営業に行ったきり戻って来ない。今度の客には何て言ってやろうかと考えることしばし、ようやく増尾が戻って来るが、入って来るなり「駄目だった」と落胆。

「まるっきり捕まらねぇよ」増尾は首を傾げる。

「まあまあ、こんな日もあるさ」と増尾を宥《なだ》め、明日も頑張ろうと本日店じまい。

そして今日になり、今日こそはと意気込んで開店。増尾は営業に行く。僕は通りに水を撒く。商売というものは近所付き合いが大切だと思い、近所のお店をあいさつ回り。にこやかにあいさつをするも、僕を変人扱いしているのが見てとれる。そんな視線に耐えながらも、あいさつ回り。しばらくして増尾、悲し気に帰宅。日は暮れる。

翌日、増尾が何時ものように営業に行く。僕も何かしなければと考える。客が来るようにと考える。

そうだ！ 看板である。宣伝である。何で今までこんな簡単なことに気付かなかったんだ。看板なくして店が成り立つはずもない。馬鹿、馬鹿、この天才。

僕はとん平から看板になりそうな板を頂戴し、

『予言者ミチシーオ！ 貴方の未来を素晴らしく！ ココ←』

と一筆。

なかなか見事な看板である。さっそく表に立てかけてみる。いいじゃないか。これで客はばんばん入り、増尾も少しは楽になるであろう。しばらくして増尾が戻って来て、この看板を見て大満足。二人して客を待つ。

しかしこの日も客は来なかった。

今日は朝から増尾と、何故に客が来ないかという会議をしているところ、とん平が何やら言いた気な顔して入って来て、ちゃぶ台の上に座った。

「何やってんだお前、ばちが当たるぞ」と増尾。

「お前らが何やってんだよ！　このいんちき予言者。何が儲かるだ。まるっきり客が来ねぇじゃねぇか。こっちは、ただで飯を喰わせてやって、酒も飲ませてやって、服まで与えてやって、おまけに宿まで貸してんだぞ。どうするんだ。何とかしなけりゃー分かってんだろうな」と、とん平はまるで借金取り立ての怖いお兄さんのように怒鳴り散らした。

上がりを出したいのはこっちとて同じであるが、どうしてか客が来ないのである。今はこんなだが、これがだんだんと口コミで広がって、ゆくゆくはガッポガッポ儲かるからもう少し待ってくれと、何とかとん平の怒りを鎮めた。居候の身であるから強くは言い返せず、とん平は助けた恩もとっくに忘れ、早く上がりを出せと毎日うるさいのである。

次の日、何と昼時に女がやって来た。さっそく看板の効果である。この女、顔だちは良くも悪くもなく普通であるが、乳だけは立派である。女は宮殿に仕えるクリティーオと言う男に恋しているという。

とん平の話によると宮殿内では舞台が行われていて、クリティーオという男はその舞台に出演するかなり二枚目の男で、幅広く女性達に愛されているらしく、この女もその熱狂的ファンの一人である。

「私の恋は実るでしょうか」と真剣な目で女。知るかと言いたい気持ちを抑えて皿に手を翳すが、どうも乳ばかりが気になってしまう。

「クリティーオにもっと自分の存在をアピールするのです」

「どうやってですか?」

「そうですねぇ、もう少し露出するのです」僕はその欲求にかられて答えた。

すると女は少し戸惑いながらも「こんな感じですか」とドレスの胸元を少し下げた。真綿のような真っ白い胸と誘惑の黒い谷間。

「いやいや、もっと……」と、この女の素晴らしい乳の谷間に吸い込まれるように我を忘れ、手を伸ばす。

「ごほん、ミチシーオ」と増尾の冷たい視線が突き刺さる。

「えー、それで良し、後は自信を持って自分の胸の内を告白しなさい」

女は増尾に金を払うと、今からクリティーオの元へ行くなんて言って宮殿へと行った。

こうして営みは続いた。次の日も。次の日も。

「くだらん悩みばかりだな」

「その方が楽でいいだろう」

「こいつら本当にクリアしたいのか?」

「どうなんだろうな。俺が思うに、誰もクリアの方法は分からないんだよ。現に俺達も分からないしな」

「大体宮殿の奴らは何をしてるんだ」

「さあな、奴らはいずれ忘れるさ。怠惰な暮らしに溺れてね」

そうしてぽつりぽつりとではあるが客が来るようになり、何時の間にやら予言者ミチシーオの噂は少しずつ広がり、客が列を作る日もあった。

ある朝、外が騒がしく何事かと表に出たところ、槍を持った二人の兵士がやって来て、

「予言者ミチシーオというのはお前か！」と、いきなり僕と増尾の喉元に槍を突きつけて言った。

「それがどうしたんだ！」向けられた槍に少し臆するが、此処は強気にと言い返す。が、しかし、

「大王様がお呼びだ」

と兵士は僕らの言うことなどまったく聞きもせずで、何が何だか訳の分からぬまま僕と増尾は縄を掛けられ、そしてとん平までも捕まり、馬へ股がされ宮殿へと連行された。

街を抜け、菩提樹の並木道を抜け、門に差しかかる。門が開くと壮大に広がる庭。その先には宮殿。中央には噴水がある。裸体女の彫像の抱える壺から水が噴き出ている。あの公園の噴水を思い出す。他にもぽつぽつと大理石でできた奇妙な彫像が立ち並んでいる。

庭のあちこちで昼間だというのに、若い男女が酒を飲み、騒いでいる。頭に花輪を被り、花柄模様の服を着る女達や、タイツやスカートを履いた洒落男達が集まり、踊りや球遊びや楽器を弾いたりと賑わう。連行される僕らを珍しそうな目で見て笑う。いい見せ物である。

大きな階段を上がる。宮殿の壁は、凝ったレリーフの施されたいくつもの柱で構成され

ている。

扉が開くと、金で覆われた豪華なロビーが、あばら屋暮らしの僕らの目を眩ませた。

高い天井には一面に天井画が描かれている。背中に羽をつけた裸の中年のオヤジ達がうじゃうじゃとサウナで汗まみれになりながら話している絵。なんて絵なんだと眺めていると、湯煙の中のオヤジ達が喋りだす。

「最近の若いもんはまったくダメですなぁ」

「暮らしが豊かになり、まるで危機感を持っておらん」

「ふむふむ。高度経済成長を駆け抜けた我々の考えがまるで分かっとらん」

「一度潰れるなりせんといかんですなぁ」

「あー、もっともですなぁ」

と僕らに聞こえるように喋るのである。

雨漏りのように汗が垂れてきそうだ。

見ているとだんだん湯舟でのぼせた感じになってくる。

早く行けと兵士が突く。

何だか訳の分からぬまま進む。

さらに進むとまたも扉に差しかかる。開くと其処は真っ暗な部屋であった。するとと眩しいほどの照明が光り、其処には豪華な衣装を身に纏《まと》う者達がまるでミュージカルでも始めるかのような佇まいでステージ上に並んでいる。何じゃこいつら。

間もなく僕らにも照明が当てられる。

オーケストラの演奏。

バイオリン、ハープ、ドラム、フルート、クラリネット、ピッコロとさまざまな楽器。

ステージまでの両脇に沢山の観衆が並んでいる。兵士に突っつかれ、歩かされる。

ステージの中央に大王。これ見よがしに宝石で身を飾っているのだが、威厳なんて微塵《みじん》も感じさせない、頭に乗っかっている御猪口《おちょこ》のような王冠。顔と首の区別がつかないほどぶくぶく太っており、玉座に凭れ掛かっている様は醜いカエルのようである。

大王の手前にローブを着たつり目の男。襟巻きとかげのようなラフを首に巻いており、自慢の顎鬚を撫でている。

周りにいる女達は釣鐘のように広がったスカートなど、大きなドレスを身に纏っているが、その中でも一際大きなドレスを着た女がいた。

何とキャンディである。この異様な集団の中に何故かキャンディがいる。あの立ち位置からして女王と言ってもおかしくないほどの佇まいである。

「キャンディ、生きてたのか！」

「げっぷ、うー、この者はそちのことキャンディと呼んでるぞ」大王はキャンディに言った。

「いいえ、大王様。私はキャンディではありませんし、その者のことなど存じません。おほほほほ」

キャンディは白々しい嘘を言う。

「何言ってんだ。ちょっと何とかしてくれよ」あんなことをやっておいて命乞いなど、よく言えたものだと自分で思う。

「あんたなんか知らないって言ってるでしょ」キャンディは尚もしらを切る。

「俺は何も関係ねぇよ」とん平。

「えーい、黙れ黙れ。大王の御前なるぞ」つり目の男が怒鳴る。

「俺達が何故此処へ呼ばれたか、理由を話してもらいましょう」増尾。

「ほう、お前は何者だ」つり目の男。

「ミチシーオ様に仕える者だ」増尾。

「ふむ、何やらお前は予言者ミチシーオだと聞くが、それは真《まこと》か？」つり目の男。

「はい、それが何か」ミチシーオ。

「では証拠を見せてもらおう」つり目の男。

「そんなものはありません」ミチシーオ。

「お前は民の望みを叶えているのだろう」つり目の男。

「まあ、はい」ミチシーオ。

「あーもうよい、率直に申そう。げっぷうー、ミチシーオ、クリアの方法を教えるのだ」大王。

「いやー、分かりません」ミチシーオ。

「分からぬだと、嘘を言え」つり目の男。

「そう言われましても、タイミングというのがありましてですねー」ミチシーオ。

「適当なことをぬかすな」つり目の男。

「げっぷ、げっぷ、げっぷ、何ー、貴様ー、教えぬと申すか。では吐かせるまでじゃ、うっしっししっし」大王。

そして大王は何やらつり目の男に耳打ちをする。

「自らを予言者と嘘偽り、善良なる民から金を巻き上げるといった卑劣な営みは、誠にもって許すべからず悪行である。よって牢獄行きとする！」つり目の男。

「俺、関係ねぇよ。とほほほほ」とん平。

兵士に連行され退場。

観衆拍手喝采。

幕が下りる。


鍾乳石でぼこぼことした薄暗い地下への螺旋階段を下りる。

じめじめとした中、苔が青緑色に鈍く光を出している。

階段の下に蠟燭《ろうそく》を持ち、鼻フックで自ら鼻を吊り上げた小太りな男登場。

「いらっしゃーい」

小太りな男はにやにやと鼻を膨らませ、鼻息荒く随分と待ちわびていた様子である。こいつが牢獄の看守人である。

奥の部屋には大きな鎖が垂れ下がっていたり、奇妙な形をした石造りのベッドや磔《はりつけ》台などが幾つも見える。壁一面に、それらの餌食になった人間達が描かれた壁画。無様な格好である。しかし刑というより御褒美のように思えるのは、それらの顔が快楽に歪んでいるせいである。

「ひっひっひっひひー。それは俺の理想郷だよ。これからは俺の言うことを聞くんだぜ。ひっひっひっひひ」看守人の笑い方は身の毛がよだつ。

「気持ち悪りー野郎だ」

「ひひひっひっひっひひ、なかなか威勢がいいのー、わしはそんなお前が変わり果てる姿を想像するだけで、ぞくぞくするわい。ひひひっひっひっひひ」

そして僕らは鉄格子の中へ投げ込まれる。

「ひっひひっ、おとなしくするんだぞ」看守人は鍵をかけて立ち去って行った。

「非常にやばいな」

「ああ」と増尾。

「何されるか分からねぇぞ」

「ああ」と増尾は答えるが、満更でもなさそうな様子を感じるのは気のせいであろうか。

「俺まで入っちまったじゃねぇか」ふて腐れるとん平。

「ところでお前、キャンディって言ってたけど、誰なんだ」と増尾。

「まあ、いろいろあってね」

「惚れてんのか」

「まさか」

「ふーん、でも違うって言ってたじゃねぇか」

「そうなんだよ。ちっきしょう、あの女あんな所にいやがったのか」

するると看守人が短い足でぺたぺたと音を立てて走って来た。

「うるさい！　此処を何処だと思ってるんだ。静かにしろ」看守人は怒鳴ると、またぺたぺたと音を立てて戻って行った。

それにしてもキャンディである。僕のことを知らないとぬかしていたが、明らかにあれは嘘である。とりあえず死んでなくてよかった。自分が殺人犯にならなかった事実に、胸を撫で下ろす。しかしその反面、あのことを恨み、今後、僕らに復讐してくるのではなかろうか。待てよ、そもそも僕らが牢に入れられたのはキャンディの企みなんじゃないのか。きっとそうであるに違いない。あいつは僕を殺そうとしてるんだ。ならばこんな所にいたんでは、いとも簡単に殺されてしまうではないか。一刻も早く逃げなければならん。だんだんと恐怖が押し寄せて来る。とりあえず、まずはこの状況を何とかしなければならない。何ともなりそうにないので寝ることにする。

ガチャッ。

鍵が開く音に目を覚ます。顔を黒い布で覆った黒装束ずくめの女が牢の中へと入って来た。お前は何者だと僕が喋ろうとすると、女は人さし指を口につけ大きな声を出すなと合図をする。

「キャンディ様がお呼びです」と女は小声で言った。

増尾ととん平は寝ている。罠のようで怪しいが、此処にいてもどうにもならんので、僕は一人牢屋から出て、女の後をついて行った。看守人は椅子に凭れ掛かり、鼾をかいて寝ている。起こさぬようにそっと通り抜け、螺旋階段を駆け上がる。辺りを警戒しながらキャンディの部屋を目指す。女はある部屋の前に来ると、そっとドアを開けた。

透けたレースのネグリジェ姿でキャンディ登場。

孔雀の尾のような扇子を扇ぎ、パイプを吹かす。真っ赤な絹で覆われたベッドや化粧台、テーブル、シャンデリアと大層豪華な部屋である。

「ようこそ」

「何がようこそだ」

「あら、助けてあげたのに、何よ、その言い草は」

「いい身分じゃねぇかよ」

「女の武器を使ったのよ。賢く生きなきゃ駄目よ。おほほほ、おほほほっ」

「俺達をどうする気だ」

「どうする気って、心配してあげてるんじゃない」

「あの時は悪かった」

「は?」

「俺も気がおかしくなってたんだ」

「何のことよ?」

「何のことって、——お前覚えてないのか?」

「だから何をよ」

「いやいや、やっぱりいいや」

この感じからして、ふふふっ、あの時、僕に受け皿で頭を殴られたことや、犯されたことはまったく覚えていないようである。頭を殴っといて正解であった。しかしよくこの女とやろうという気になったなと改めて思う。今まで胸に詰まっていたものが、一気に除去されたのである。あはっあはははははは。

「あんた頭大丈夫？　それより牢から出してやってもいいのよ」

「本当か？」

「ただし、今後、私の下で召し使いとして働きなさいよ。おほほほほ、おほほほ、おほほほっ」

「馬鹿野郎、てめえの下で働くなんて真っ平御免だ」

ぬふふふふ、僕はお前にもう臆することはないのである。貴様の指図なんか屁の河童なのだ。

「それが嫌なら、貴方の隣にいた男を連れて来なさいよ」

「とん平か？」

「細い方よ」

「増尾のことか。増尾はお前みたいなの趣味じゃねぇよ」

「あら、いいのそんなこと言って、予言者なんて嘘っぱちだってことばらすわよ」

くそっ、この質の悪い性格は元のままである。もう一度殴ってやろうか。

「勝手にしやがれ」と部屋を出る。途中やはり引き返そうかと迷いながらも牢に戻った。看守人は未だ鼾をかいて寝ている。

「あいたー」僕が牢へ入るなり、自分のおでこを叩くとん平。二人とも起きていた。増尾は何やら嬉しそうにしている。どうやら二人で僕が逃げるかどうか賭けをしていたようだ。

この状況で気楽なもんだ。

「で、どうだった」と増尾。

「あの女、助けてやるから召し使いになれだとよ」

「それで戻って来たのか？　馬鹿だなーお前は」とん平は呆れた顔で言う。

「増尾のこと気に入ってたよ。お前行って来いよ」と増尾をからかう。

「看守は何してんだ」増尾。

「寝てるよ」

「じゃあ、逃げようぜ」とん平。

「そんなことしたら捕まって殺されるのがおちだぜ」

「此処にいたってどうせ殺されるだろ」とん平。

この状況を何とかしなければと三人は考え込む。

少しして「ちょっと名案が浮かんだぜ。耳貸せよ」と増尾が沈黙を破る。

ヒソヒソヒソヒソヒソヒソヒソヒソヒソヒソヒソヒソヒソヒソヒソヒソ。

そして僕らはその計画を実行する。


看守人登場。

「ひっひひっ、あーよく寝た。どうじゃ牢獄の中の暮らしも悪くないだろう。ひっひひひひ」

「もう、限界です。こんな所、耐えられようがありません。私達が悪うございました。クリアの方法が分かりましたと大王様に伝えて下さい」鉄格子にしがみつきながら迫真の演技を見せる。

「おう、なんだもう降参か、つまんないなー。ちょっと待ってろ」と看守人は残念そうに報告に行った。

しばらくすると兵士がやって来て、僕らは大王の元へ連れて行かれた。

ステージ上に座る大王。白い妖精の衣装を着た娘っ子らが、大王の周りをくるくると舞い、足を踏み鳴らして踊る。

「げっぷうー、ミチシーオ、やっと話す気になってくれたか」大王。

「はい、大王様」ミチシーオ。

「では、申してみろ。げっぷう」大王。

「これより南東の方に黒い池があります。其処が入り口でございます」ミチシーオ。

「本当か？　ふーむ、彼処だったか。うー、それに嘘偽りはないな。げっぷう」大王。

「はい」ミチシーオ。

「私も彼処が怪しいと思っておりました、大王様」つり目の男。

「よし！　それでは早速出発じゃ」大王。

観衆拍手。

そして大王率いる一行は、南東の黒い池へと向かう。

到着。

「げっぷう、これが入り口か、気付かなかったぞ」そう言って大王は風呂にでも入るかのように着ている服を脱ぎ捨てると、垂れ下がった腹を揺らして準備体操を始めた。

オウィイッチニィーサンスィーイッチニィーサンスィー。

大王は簡単に準備体操を終えると、「うっしっしー、後のことは任せたぞ」とつり目の男に言い、「では皆の者さらばじゃー。ひゃっほー」と大王は鼻を摘み、勢いよくドップンと池の中へと飛び込んだ。

真っ黒い水しぶきが飛び散り、池はぐるぐると渦を巻き、巨漢な大王をいとも簡単に飲み込むと、ぶくぶくと泡を浮かせ、煙のような蒸気をシュウシュウと音を立てて噴き、鼻を千切るような異臭を辺りに放った。

しばらくして池は静まりかえり、クリアを目の当たりにした者達が歓声をあげた。

ざわめく歓声の中で僕らは呟いた。

南無阿弥陀仏。

それからはつり目の男が玉座に就き、日々は平和に流れた。なんせ次のクリアを教えてくれと、腰が低い上に高待遇。

「次の月蝕まで待つがよかろう」などと適当にうそっぱちを言うと、いとも簡単に信じているのである。僕は予言者ともてはやされ、増尾と宮殿で暮らすようになり、飯にも困ることなく日々を過ごす。

とん平は商売に専念する。予言者ミチシーオの服を作ったと宣伝し、店は忙しく繁盛しているようだ。キャンディのことが気にかかる、僕らのことが邪魔であろうからして、きっと何かを企んでいるはずだ。しかし今回のことで、皆の支持はミチシーオに集まっているだろうから、当分の間はキャンディも事は起こすまい。それにしても毎日暇でしょうがない。そんなくだらぬことを考えながら湖の畔で小石を投げていると、後ろから増尾の声がした。

振り返ると、増尾とキャンディが腕組みをしている。どういうことだ、まるでカップルのようじゃないか。

「一体どうしたんだ」

「俺達付き合うことになったんだ」増尾は照れくさそうに言った。

「冗談だろ」

「本当よ。結婚するわ。うふふふふふ」キャンディは嬉しそうに増尾を見つめる。

そうして二人は仲良く手漕ぎボートに乗り、楽しそうに湖へ浮かぶ。しばらくはどうしたことかと理解できずに、ボートに乗る二人を見ていたが、まるでカップルのような振舞いである。いや、まさしくカップルなのである。しかし不思議なこともあるもんだ。まさかあの二人がカップルになるなんて思ってもいなかった。豊田のことはもういいんだろうか。僕は真知子の笑顔を思い出す。ああ、もう一度会いたい。そして踊りたい。

最近は楽な暮らしが続き、少しばかり寝過ぎのせいか頭がぼーっとする。たまに目眩《めまい》がして、目の前にちりちりと浮遊物が見える時があるので医者に行ったところ、単なる疲労のせいだから安静にしてなさいと言われたが、此処最近は安静にし過ぎているくらい何もしていない。向こうの世界に戻らなくてはならないと焦りや苛立ちが湧くが、どうしようもなく、出るのはため息ばかりである。誰か教えてくれないかと思うが、それを知っているのは自分ということになっているのだから、とんだお笑い草である。豊田への怒りももう薄らいでいた。

そんな時、目の前を三毛猫が通る。

にゃ～お。

とよ丸に何処となく似ているではないか。

とよ丸！

そう言えば、とよ丸はこの世界と向こうの世界を行き来できたはずだ。何で今まで気が付かなかったんだ。とすればこの三毛猫とて向こうの世界に行くことができよう。

そうして僕はこの世の出口を見つけるべく、その三毛猫の後をついて歩いた。

空き地で散歩、飯屋の裏のごみ袋をあさって食べ残しを頂戴する、後に中田さんとこの庭を経由して、登壁さん家の塀を飛び越え、飯岡さん家の縁側で昼寝、夕方魚屋の前でうろつくも魚屋の主人の警備が厳しく断念、粕山さんとこの犬のジョンをからかって空き地へ帰る。

そうしてほぼ毎日、このまま猫になってしまうんじゃないかと思うくらい猫と行動を共にした。出口は見つからぬが、街の至る所の裏道、抜け道を発見したのである。といってまったく嬉しくとも何ともない。

宮殿では、ミチシーオ様は猫の後について歩き回っているようだが、少し頭がおかしくなったのではないかと、噂が流れているらしい。実際にすれ違う街の人達なんかも変な目で見ているのだから無理もない。

そして来る日も来る日も猫の後をつけるが、なかなかこの世の出口は見つからない。

にゃ〜お。


のどかな昼下がり、部屋で増尾とティータイムを過ごす。

「お前、何だか最近、猫の後をついて歩いてるらしいじゃねーか。大丈夫か」と増尾は心配そうに言うので、豊田のことやとよ丸の話をして「猫がクリアの鍵を握ってる」と理由を説明するが、ますます増尾は「病院へ行け」などと僕の話を聞かない。

「キャンディに聞いて見ろよ。あいつの部屋で起こった話なんだよ」

「ふーん」と増尾はまだ半信半疑である。

「しかしお前とキャンディがねぇー。どうしちまったんだよ」

「まあ、いいじゃねぇか。フィーリングだよ。フィーリング」

「ところでお前、此処から抜け出すこと忘れたんじゃないだろうな」

「忘れてねぇけど………」

「けど、なんだよ」

するとと大きな音を立ててドアが開き、キャンディが息を切らして入って来た。

「おっ、噂をすれば」と増尾を揶揄《やゆ》するが、キャンディは何やらただ事ではないような顔をしている。

「早く逃げなさい」

「どうしたんだ一体」

「大王の死体が浮かんで来たわ」

僕と増尾はお互い青ざめた顔を見合わせると、一目散に外へと飛び出し、全力で街の中を駆け抜けた。

「いたぞ！　彼処だ。ひっ捕らえろー！」つり目の男の叫ぶ声。

僕らを捕らえようと、何人もの兵士達が押し寄せて来る。捕まれば間違いなく殺されるであろう。

押し寄せる兵士達はどんどんと人数を増していき、その数は百をゆうに超えている。兵士達だけではなく、怒りに満ちた街の民なんかも加わり、さらに人数を増していく。そしてそれらの群れは重なり始め、雑伎団のように、化学反応のように、山のように、津波のように、どんどんとくっついていき、巨大な生物となって押し迫って来るのである。その生物は蠢《うごめ》きながら、入道雲のようにもくもくと形を変えながら巨大になり、さらに人々を飲み込み、肌色の固まりとなるも、まだ飽きたらずに今度は街の建物や木々と、目の前にあるすべての物を喰い散らしながら、黒々と変色しながら押し寄せて来るのであった。真っ黒く巨大な生物は耳を割るような、空を割るような、轟き声をあげる。体の膨れ上がる速度に表面の皮膚が耐えきれなくなり破裂しているのであった。そしてその破裂し、飛び散る肉片が矢のように、豪雨のように唸りを上げて飛んでくるのである。

崩れ落ちる増尾。

その肉片が増尾の心臓を射抜いた。

「大丈夫か！」倒れた増尾の元へと駆け寄る。肉片が増尾の体を喰い尽くそうとしている。増尾の体から、口から、真っ赤な血が吹き出してくる。後ろから押し迫って来る巨大な生物は竜巻きを起こし、大地や空まで飲み込んでいる。

「俺のことはいい、逃げろ！」増尾は抱きかかえようとする僕を突き飛ばした。

「何言ってんだ、馬鹿野郎！　一緒に行くんだ」僕は増尾を抱え上げる。

「満潮、楽しかったぜ」増尾は耳もとで最後にそう言った。

「増尾ー！」

僕は泣き叫び、全速力で走った。

逃げ出した。押し迫る恐怖に、降りかかる憎悪に、逃げ出した。

恐怖にがたがたと崩れ落ちるかのように体を震わし、狂乱し、足掻き、走った。

しかしそれを嘲笑《あざわら》うかのごとく、激しい地鳴りが湧き起こった。

巨大な生物がさらに巨大になり、その重さに大地が耐え切れないのである。そしてすべてを飲み込んでゆく。巨大な生物の後ろは闇であった。巨大な生物自体が闇であった。巨大な無であった。すべてが消えて行くのであった。虚像であった。逃げることに、走り続けることに、何の意味があるのだろうか。僕は足を止めようと何度も思った。ようよう耐え切れなくなった大地に、生き物のように、稲妻のように、唸りをあげる巨大な亀裂が走る。そして大地を真っ二つに割ったのである。

瞬時にして足場を失った僕は飲み込まれるようにその亀裂の底へと落ちて行った。

10

気が付くと公園であった。噴水のある公園である。子供達が走り回っている。また目が覚めた。またも目が覚めた。僕は横たわっていた。尚も横たわっていた。頭上を鳥が飛んでいた。

僕はしばし横たわるもようやく起き上がり、噴水の前に行き、青空の映り込む水面を見た。その揺れる青空に映る僕の顔は驚くほど醜く、目を背けたくなるほどであった。これが僕の顔であるのかと手で触れてみた。削ぎ落ちた頬はまるで髑髏《どくろ》のようであり、顔中に黒々と伸びた毛、剥き出した歯、うじゃうじゃと生えた黒髪は、まるで獣のようであり、とても人間とは言い難く、僕はその己の醜い顔を洗い流そうと両手で水をすくいあげ、ばしゃばしゃと何度も何度も顔を削ぎ落とすように洗った。

僕は今の今まで何をやって来たのだろう。あわれに幻の糸を追いかけて、一体何処へ辿り着いたというんだろうか。一体何が変わったというのであろうか。何を手に入れたというのであろうか。気が済むまで顔を洗い、再び水面を見ると、真知子や豊田、キャンディ、増尾、とん平など、みんなの顔がぼんやりと浮かび上がった。

ゆらゆら揺れては歪むみんなの顔はまぬけで、笑いが込み上げるが、何故だか泪が頬を伝う。今まで塞《せ》き止められていた泪が止めど泣く流れ出た。胸に針で突き刺されたような痛みが走る。いろいろな思いが浮かび上がる。そして泪に滲む皆の顔は笑顔と変わり、輪になるとくるくると円を描いて回り出した。

みんなの合唱する笑い声。

彫像はぐらぐらと動き出す。

水面はあまたの波紋を形づくる。

アガガガガッッガガッガガガッッガガッガガガッガガッガガガガガガガッ。

噴水は勢いよく空へと高く噴き上がった。

そして例のごとく辺りに吐きちらす。

照りつける晴天の太陽に手を翳し、高く上がった噴水を見上げると、彫像の掲げた両手には空に透けた七色の虹が美しくかかっていた。煙のように湧く水しぶきは心地好く頬に触れ、光を反射してきらきらと光っている。

綺麗である。

分かっているんだ。

これでいいんだ。

僕は満潮。

みちしおと名のついた人間。

心にそう呟きながら、この光景を胸にしまおうと、しばらくじっと立っていたが、滞納した家賃のことが気になりアパートへと帰ることにした。

僕は歩いた。

歩いて行くのであった。

歩き続けるのであった。

家賃を払うんだ。

腕を振って、足を上げて、そうそうこのように歩くんだ。

ほら、お日様が僕の影をこんなにもくっきりと映してるじゃないの。

僕は自分の影に微笑みかけると、また正面を向いて歩いた。

スキップした。
ルンルンである。
此処は何時もの帰り道である。
何時もの風景。
あの曲がり角を曲がるのである。
帰りながら、こう考えた。
働こう。
仕事を見つけよう。
しかしこんな顔では雇ってくれないので、まず髪を切ろう。
髭そりを買い、髭を剃ろう。
歯ぶらしと歯磨き粉を買い、歯を磨こう。
そしてその白くなった歯で笑おう。
御飯を食べるのである。
腹は空いていなくとも、形だけでも食卓に座るのである。
僕は何だか嬉しくなり家路へと急いだ。

途中、すがすがしい気持ちで、すれ違う主婦や、パトロール中の警官や、八百屋のおじさんに「おはようございます」とあいさつをした。ジョギング中の外国人に「グッモーニン」とあいさつをした。もちろん返事はなかった。

久しぶりのアパートだ。

郵便ポストからちらしが溢れ出し、其処いらに散らばっている。

電気、ガス、水道などの請求も来ている。まったく請求ばかりで困ったもんだ。しかしくだらぬちらしの山である。

そうだ、新聞を取ってみるのも良いかもしれん。

新聞を取ろう。

世の中で何が起こっているのかを知ってみるのも悪くないだろう。僕も世の中にいるわけだしね。なかなか良いことを思いついた。

ポストの中から自分に重要であるものと、そうでないものを分別し、次は部屋の掃除でもしようとドアを開けた其処には、無残にもゴミの山で埋め尽くされた中で、二好のオヤジが寝そべってテレビを見ているのであった。……………………………………。

町の片隅のアパートに異様な奇声が鳴り響く。

そしてまた僕は人間へとなりそこねたのであった。
畜生。

著者プロフィール

立花 裕史（たちばな ひろし）

1975年、福岡県生まれ。
絵書き、小説書き。
芸術肌のフリーター。
現在、東京都在住。
本作が第一作目となる。

畜生と噴水

2003年5月15日　初版第1刷発行

著　者　立花 裕史
発行者　瓜谷 綱延
発行所　株式会社文芸社
〒160-0022　東京都新宿区新宿1-10-1
電話　03-5369-3060（編集）
03-5369-2299（販売）
振替　00190-8-728265

印刷所　株式会社平河工業社

ISBN4-8355-5671-2 C0093